Zum Roman:

CARDINGTON MANOR erzählt in sechs Bänden über Liebe und Leidenschaft, Freundschaft und Verrat rund um einen englischen Landsitz. Eine wunderschöne Liebesgeschichte bildet den Auftakt der erfolgreichen Romanreihe:
Stell dir vor, du willst zu dir selbst finden, und findest stattdessen die Liebe deines Lebens ...
Samantha verlässt Charles Lord Cardington und hält sich vor ihm und der Welt versteckt. Der berühmte Landschaftsarchitekt Michael Tomlinson arbeitet hart für seinen Erfolg. Als sie sich begegnen, ist in beider Leben kein Platz für die große Liebe. Außerdem kommt für Charles eine Scheidung nicht infrage. Plötzlich geschieht ein Unglück und danach ist nichts mehr, wie es war.

"Ähnlich wie die Autorin der »Muschelsucher« schreibt auch Kolar leichte Lektüre für intelligente Damen."
Literaturzeitschrift.de

Die Autorin:

Sybille Kolar ist Mutter von drei erwachsenen Kindern.
Sie lebt mit ihrem Mann und den Hunden in der Nähe von München.
Ihren persönlichen Werdegang und Aktuelles aus der Welt ihrer Romane sowie Termine zu Lesungen etc. entnehmen Sie bitte der Website: https:// sybille-kolar.com

Sybille Kolar

CARDINGTON MANOR

Lady Cardington und ihr Gärtner

Roman

Band 1 der CARDINGTON-MANOR-Reihe

Bibliografische Information der Deutschen Nationalbibliothek:
Die Deutsche Nationalbibliothek verzeichnet diese Publikation
in der Deutschen Nationalbibliografie; detaillierte bibliografische Daten sind im Internet über http://dnb.dnb.de abrufbar.

© 2016 Sybille Kolar
2. Auflage 2019
Lektorat/Korrektorat: Sara-Marie Carstens, David C. Fuchs
Endbearbeitung: Jil Aimée Bayer
Coverdesign: Carolin Liepins
Foto: Cornelius Carstens

Herstellung und Verlag:
BoD – Books on Demand, Norderstedt
ISBN: 978-3-7392-4915-5

Für T. und die wundervollsten Kinder der Welt

1

S amantha trat aufs Bremspedal und erwartete das Schlimmste.

Gerade noch war sie halb träumend durch die anmutigen Hügel der Grafschaft Kent gefahren und hinter Sandhurst beim Schild mit der Aufschrift *Stoney Lane* in die Zufahrtsstraße zu ihrem Häuschen abgebogen. Die schmale, holprige Straße den Berg hinauf, vorbei an den vertrauten Felsen und blühenden Büschen – und jetzt das!

Seit etwa einem Jahr wohnte sie dort oben, und nie zuvor war ihr auf dem unbefestigten, kurvenreichen Weg ein anderer Wagen entgegengekommen.

Doch nun, in dieser Sekunde schoss ein dunkelblauer Geländewagen mit hoher Geschwindigkeit geradewegs auf sie zu.

Sie kniff die Augen zusammen, um den Zusammenstoß wenigstens nicht mit ansehen zu müssen.

Doch nichts dergleichen geschah.

Sie würgte den Motor ab und sprang aus dem Auto. »Sind Sie wahnsinnig? Was, zum Teufel, haben Sie hier überhaupt verloren?«

Der andere Wagen war ebenfalls zum Stehen gebracht worden. Der Fahrer kramte in seinem Handschuhfach, machte jedoch keine Anstalten auszusteigen oder wenigstens durch sein geöffnetes Seitenfenster eine Erklärung abzugeben.

Samantha schnaufte vor Aufregung – und wegen der Sommerhitze, die ihr Schweißtröpfchen auf die Oberlippe zauberte. Der Knoten, zu dem sie ihr dunkelblondes Haar hochgesteckt hatte, war dabei sich aufzulösen und klebte

Haarsträhnen auf ihre feuchte Haut.

Und plötzlich kam ihr ein furchtbarer Gedanke: Was wäre, wenn es sich bei diesem Mann um einen der dreisten Einbrecher handelte, die zur Zeit die Gegend unsicher machten, indem sie Häuser in kürzester Zeit komplett ausräumten. Am Zeitungskiosk hatte sie neulich davon gehört.

Suchte dieser Kerl etwa gerade nach seiner Waffe? Auf keinen Fall durfte er merken, dass sie Angst hatte – und keine Ahnung, was sie tun würde, sollte sich ihr Verdacht bestätigen.

Jetzt bloß keine Unsicherheit zeigen!

»Am Ende dieses Weges befindet sich nur mein Haus, weshalb ich annehme, dass Sie zu mir wollen. Also, was kann ich für Sie tun?« Sie versuchte, einen Blick ins Wageninnere zu erhaschen nach Gegenständen, die ihr bekannt vorkamen, doch die Scheiben spiegelten zu sehr.

Mit erhobenen Händen, als würde er von einer Schusswaffe bedroht, stieg ein Mann aus, dem sie noch nie zuvor begegnet war. Und doch kam er ihr bekannt vor.

Er war ungefähr Mitte dreißig und sein braun gebranntes, wettergegerbtes Gesicht verriet, dass er sich vorwiegend in freier Natur aufhielt. Sein Haar war von der Sonne ausgeblichen und es schien, als benütze er zum Kämmen nur seine zehn Finger. Er trug ein grünes Polohemd und ziemlich verwaschene Bluejeans. Und er grinste sie breit an.

»Ich ergebe mich. Sie können das Feuer jetzt einstellen.«

Als ihr klar wurde, woher sie ihr Gegenüber kannte, fühlte sie sich einer Ohnmacht nahe.

Vor ihr stand der Mann, mit dem sie im Geiste schon unzählige Stunden verbracht hatte.

Der strahlende Held ihrer einsamen Nachmittage.

Der *Robinson Crusoe* ihrer Träume, mit dem sie sich

wünschte, auf einer entlegenen Insel zu stranden, um das Eiland gemeinsam urbar zu machen.

Der Gartengott.

»Oh, mein Gott!« Sie starrte ihn an.

»Ich verstehe ja, dass Sie überrascht sind, mich hier anzutreffen, aber *mein Gott* ist nun wirklich übertrieben«, sagte der Mann belustigt und nahm seine Hände herunter.

Als sie ihre Sprache wiedergefunden hatte, stammelte sie: »Michael Tomlinson ... Sie sind doch der ...der Garten- und Landschaftsspezialist von der Zeitschrift *The Beauty of nature*. Sind Sie es wirklich? Ich hatte doch keine Ahnung, dass Sie hierher kommen würden! Mein Gott und was für ein Empfang ...«

»Schon wieder *Mein Gott*! Möchten Sie mich nicht lieber *Michael* nennen?« Ein sympathisches, lausbübisches Lächeln entblößte gleichmäßige weiße Zähne und verfehlte seine Wirkung nicht.

»Ich bin Samantha ... Samantha Whitfield«, stammelte sie ebenfalls lächelnd und streckte ihm die Hand entgegen. Sie schämte sich dafür, dass sie ausgerechnet ihren Schwarm für einen Einbrecher gehalten hatte.

So was kann auch nur mir passieren!

»Was machen Sie denn hier, in dieser gottverlassenen Gegend?«, fragte sie dann, um der Situation die Peinlichkeit zu nehmen.

Michael Tomlinson kratzte sich verlegen am Kopf.

»Ehrliche Antwort? Ich habe mich verfahren, mein Navigationsgerät hat mir geraten, ich soll mich einen Abhang hinunterstürzen, mein Handy liegt höchstwahrscheinlich und hoffentlich zu Hause und ich habe inständig gehofft, dass mich die Bewohner des einzigen Hauses weit und breit wieder auf den richtigen Weg bringen.«

Er grinste entschuldigend, bevor er ergänzte: »Irgendwie habe ich es nicht so mit elektronischen Hilfsmitteln.«

Samantha lachte, weil sie den Eindruck hatte, dass diesem Mann so etwas nicht zum ersten Mal passiert war.

»Das geht mir genauso. Mein Vertrauen in solche Gerätschaften ist ebenfalls sehr begrenzt.«

»Könnten Sie mir dann bitte auf die gute alte Art den Weg zeigen?«

»Klar!«

Samantha deutete den Hügel hinauf.

»Kommen Sie mit! Ich habe im Haus eine Karte.«

»Oh, ich werde auf ewig in Ihrer Schuld stehen!«, sagte Michael Tomlinson gespielt demütig.

»Glauben Sie ja nicht, dass Sie mir so einfach davonkommen, ohne mir ein paar Tipps für meinen Garten gegeben zu haben!«

»Wird gemacht!« Michael Tomlinson salutierte grinsend.

»Ich wette, das ist der kleinste Garten, den Sie je gesehen haben. Und er hat noch eine weitere Besonderheit.«

»Das klingt ja richtig spannend! Ich sehe ihn mir gerne an.«

»Bei einer Tasse Tee?«

»Liebend gern! Haben Sie auch Kekse? Ich bin seit einer Ewigkeit unterwegs.«

Er stieg wieder ein und setzte seinen Wagen zurück vor Samanthas Haus.

Das kleine bräunliche Steinhaus sah einladend und sehr gemütlich aus. Es hatte weiße Sprossenfensterrahmen und eine dunkelgrün lackierte Haustür. Sein Dach war mit Schilf gedeckt und etwas herabgezogen. Rund um das Häuschen verlief mit nicht allzu großem Zwischenraum ein niedriger Gartenzaun aus grau verwittertem Holz.

Zu Michaels Erstaunen bestand das winzige Grundstück – soweit er es einsehen konnte – nur aus blankem

Fels und stellte wahrhaftig eine Herausforderung für jeden Gärtner dar.

Samantha steckte den Schlüssel ins Schloss. »Eigentlich kommen Sie mir sogar wie gerufen, als hätte der Himmel persönlich Sie vorbeigeschickt. Ich war nämlich gerade in einer Gärtnerei und habe ein paar Pflanzen gekauft.«

»Und ich bin froh, dass ich Sie angetroffen habe, nach meiner Odyssee durch das Niemandsland. Sie leben in einer Gegend, die es gar nicht gibt, wussten Sie das? ... Also nach meinem Navigationsgerät ...«

Er lachte. »Wenn man abergläubisch wäre, würde man jetzt sagen, das ist für beide Seiten eine glückliche Fügung, dass wir uns begegnet sind.«

Samantha lief ein Schauer den Rücken hinunter und sie errötete. Michael Tomlinson hatte gerade ihre geheimsten Gedanken ausgesprochen. Dieser Mann hatte keine Ahnung, dass sie seit einer gefühlten Ewigkeit davon träumte, sich mit ihm zu unterhalten.

Und er sollte es auch nicht merken.

»Vielleicht sehen Sie sich inzwischen schon mal um, während ich uns Tee koche. Wir treffen uns auf der anderen Seite wieder. Dort ist die Terrasse«, sagte sie noch, als sie das Haus aufsperrte, und huschte hinein.

Michael Tomlinson nickte und blieb vor der Tür.

Samantha war froh, einen Moment lang für sich zu sein, um sich diese unvorhergesehene Situation erst einmal zu vergegenwärtigen.

In der kühlen Stille des Hauses merkte sie, dass sie aufgeregt war. Schließlich hatte sie nicht jeden Tag einen Gast zum Tee.

Eigentlich so gut wie nie.

Wenn sie mit sich ehrlich war, überhaupt nie.

Noch dazu den Mann, mit dem sie sich seit Langem wünschte, bei einer Tasse Tee über die Belange ihres winzigen Gartens zu fachsimpeln. Und dieser Mann war auch noch alles andere als unsympathisch.

Als sie den Wasserkessel aufgesetzt hatte, räumte sie in Windeseile ein paar am Vormittag liegengebliebene persönliche Dinge zur Seite. Dann ging sie schnell nach nebenan ins Badezimmer, um sich ein wenig frisch zu machen.

Der Blick in den Spiegel zeigte ihr eine junge Frau mit strahlenden blaugrünen Augen und rosigen Wangen. Sie war ungeschminkt und hatte auch nicht vor, daran etwas zu ändern. Sie gefiel sich so, wie sie war. Auch die bereits in Auflösung befindliche Frisur sah noch gut genug aus.

So nahm sie sich nur das nach Zitrone und Ingwer duftende Seifenstück und wusch sich die Spuren vom Tragen der Pflanztöpfe und Erdsäcke von den Händen und Unterarmen. Das kalte Wasser fühlte sich wunderbar erfrischend an.

Als Samantha wieder in die Küche kam, gab der Teekessel bereits einen heiseren, langgezogenen Pfiff von sich.

Sie goss ein wenig von dem kochenden Wasser in eine altmodische Teekanne und gab aus einer silbernen Dose zwei gehäufte Löffel *Darjeeling* in ein Teesieb. Als die Kanne gewärmt war, brühte sie den Tee auf und drapierte ein paar ihrer selbstgebackenen Butterkekse auf einem Teller.

Kurz darauf erschien sie mit einem gut gefüllten Tablett auf der Terrasse.

Michael Tomlinson saß bereits in der Sonne und blinzelte in die grüne, hügelige Ferne. Als er ihr Kommen bemerkte, sprang er auf, um ihr behilflich zu sein und nahm danach wieder Platz.

»Was? Sie sind schon fertig mit der Grundstücksbegehung?«, hänselte sie ihn.

»Na, das ist ja wohl auch keine Kunst! Sie haben wahrlich nicht übertrieben mit der Größe! Diese Wette haben Sie gewonnen«, erwiderte er und sie lachte.

Sie setzte sich zu ihm, goss Tee in beide Tassen und bot ihm von den Keksen an.

»Mmmhh ... Darjeeling«, schwärmte Michael Tomlinson, nachdem er an dem köstlichen Dampf geschnuppert hatte.

»Das ist meine Lieblingssorte«, sagte sie.

»Meine auch.«

»So ein Zufall!«

Sie lächelten sich an.

»Die ganze Zeit frage ich mich schon, was den berühmtesten britischen Landschaftsarchitekten hierher in diese Wildnis verschlagen hat«, sagte Samantha und nahm einen Schluck Tee.

»Mich als berühmtesten britischen Landschaftsarchitekten zu bezeichnen, ist ja wohl ein wenig übertrieben«, erwiderte er, doch insgeheim schmeichelte es ihm, dass Samantha ihn dafür hielt.

»Aber für mich sind Sie das, Michael. Und offenbar nicht nur für mich. Über keinen Ihrer Kollegen wird zurzeit so viel geschrieben. Die einschlägigen Magazine sind doch voll mit Artikeln über Ihre Arbeit.«

Michael deutete nur mit einem Achselzucken eine abwiegelnde Geste an, als würde er sagen: »Papier ist eben geduldig.«

»Sie werden neuerdings ja sogar zu Talkshows eingeladen!«, sagte Samantha und wusste im selben Augenblick, dass sie bereits zu viel preisgegeben hatte.

»Na, Sie sind ja bestens informiert!«

Er nickte anerkennend.

Samantha fühlte sich ertappt und errötete prompt.

»Ich interessiere mich eben sehr für alles, was mit Garten- und Landschaftsgestaltung zu tun hat«, sagte sie so sachlich, wie es ihr möglich war.

»Ich auch. Noch eine Übereinstimmung!«

Michael Tomlinson lachte und nahm sich einen Keks. Als er hineinbiss, schloss er genießerisch die Augen.

»Oh, mein Gott ...«, sagte er mit vollem Mund.

»Was ist denn?« Samantha war irritiert.

»Dieses Gebäck schmeckt ja original wie das Shortbread meiner Großmutter!«

Er sah sie fragend an.

»Wo haben Sie das her?«

Samantha lächelte verwundert, bevor sie antwortete:

»Äh ... Selbstgebacken.«

»Das ist nicht möglich! Meine Großmutter verwendete dafür immer ein ganz spezielles Mehl, das in ganz England sonst niemand verwendet. Wie hieß das noch?«

»Dinkelmehl?«

»Genau!«

Michael war ehrlich überrascht. »Woher kennen Sie das?«

»Das nehme ich schon immer.«

»Ach! Aber Granny gab immer noch eine ...«

»... Extraprise Salz dazu«, sagten sie beide gemeinsam im Chor.

Michael Tomlinson schüttelte langsam den Kopf und blickte Samantha irritiert an, während er sich in seinem Gartenstuhl zurücklehnte.

»Das ist ja direkt unheimlich mit Ihnen!«

Samantha zuckte entschuldigend mit den Achseln.

»Ja, das sind schon seltsame Parallelen«, sagte sie und lächelte.

»Wir könnten uns für eine Quiz-Show anmelden, in der es darum geht, welches Teilnehmerpaar die meisten Gemeinsamkeiten hat! Aber ich weiß trotzdem noch immer nicht, was Sie hierher geführt hat – welch merkwürdigem Zufall wir unser Zusammentreffen verdanken.«

»Bin auf dem Weg zu einem Kunden«, entgegnete er knapp, den Mund voll mit Butterkeks.

»Und wo kommen Sie gerade her?«

»Ich bin heute Morgen von meiner Wohnung in London aus gestartet. Eigentlich war ich gut in der Zeit, bis ich mich mit meinem Navi angelegt habe. Ein rechthaberisches Ding ist das! Das wollte mich umbringen!«

Beide lachten.

»Und müssen Sie heute noch weit fahren?«

»Das werden Sie mir hoffentlich gleich sagen! Ich muss zu einem größeren Anwesen in der Nähe der Küste, *Darlington House* oder so ähnlich heißt es. Denke ich jedenfalls. Ich habe es mir irgendwo notiert ...«, sagte er, worauf er begann, den Inhalt seiner Hosentaschen auf einen vermeintlichen Hinweis darauf zu untersuchen.

»An der Küste, sagten Sie? Dann meinen Sie bestimmt *Cardington Manor*«, kam Samantha ihm zu Hilfe.

»Ja, richtig! So heißt es: *Cardington Manor*. Oh, Sie kennen es?«, fragte er überrascht.

Weil er keine Antwort erhielt, fuhr er fort: »Ich bin eingeladen worden, dort ein paar Tage zu verbringen. Zu welchem Zweck weiß ich aber noch nicht.«

Michael nahm einen Schluck Tee.

»Das muss ein grandioser Landsitz sein. Mir liegt zwar ein Grundriss des Anwesens vor, aber ich möchte es mir unbedingt persönlich ansehen. Das ist besser als über ein Foto oder einen Plan zu urteilen. Sehen Sie, ein Garten ...« Er hielt kurz inne, während sich sein Ausdruck romantisch verklärte. »... ein Garten ist doch etwas Lebendiges, nichts Mathematisches, das man nur anhand eines Grundrisses plant. Einen Garten muss man erst einmal empfinden und ebenso das ganze Drumherum: wie er gelegen ist, wie er in die Landschaft passt ...«

»Das klingt ja richtig poetisch«, warf Samantha begeistert ein.

»Und was spricht nun der Fachmann – oder sollte ich lieber sagen, *der Gartenpoet?* Wie ist denn mein Garten gelegen, wie passt er in die Landschaft und – vor allem – was kann ich aus meinem Garten machen?«

»Nun ...«

Michael ließ seinen Blick schweifen über riesige Steine und Pflanzkübel mit pfirsich- und elfenbeinfarbenen Rosen. Stauden von üppigem Lavendel säumten einen alten, ausgetretenen Steinweg, in den an manchen Stellen effektvoll wuchernde Gräser und Efeu hineinragten.

»Eigentlich ... ich finde ihn jetzt schon sehr schön. Er ist doch geradezu perfekt! Weshalb wollten Sie denn Tipps von mir?«

»Oh, danke sehr! Das bedeutet mir wirklich viel, dass ausgerechnet Sie das sagen! Dieser Felsengarten brachte mich anfangs an den Rand der Verzweiflung. Dann habe ich einfach versucht, das Beste daraus zu machen.«

»Das ist Ihnen absolut gelungen! Diese großen Steinflächen! Die Findlinge! Sie passen wunderbar zum Charakter dieser Landschaft! Ihr Garten wird wohl niemals eine *grüne Oase* werden«, sagte er und lachte, »aber wie Sie das gelöst haben mit den Tontöpfen und den Farbakzenten der Blüten ... Besser hätte ich das auch nicht gekonnt ... Ich hätte vielleicht noch ein paar wenige Gestaltungselemente hinzugefügt und dann ...«

Gestaltungselemente!

Bei diesem Stichwort fielen Samantha die Pflanzen ein, die während der ganzen Zeit im heißen Kofferraum vor sich hin hatten schmoren müssen. Mit einem Aufschrei sprang sie auf und lief so schnell sie konnte zu ihrem Auto.

Michael Tomlinson folgte ihr; gemeinsam luden sie den Wagen aus.

Die Clematis ließ bereits bedenklich die Köpfe hängen, weshalb sie, auf seinen Rat hin, in einen Wasserbottich gestellt wurde.

Nach dieser Rettungsaktion gingen sie in die Küche. Samantha bereitete ein paar Sandwiches, während Michael sie mit Erlebnissen von seiner Arbeit unterhielt.

Samantha sprach nicht sehr viel über sich. Ihr Leben war zu diesem Zeitpunkt ein einziges Fragezeichen und sie konnte sich nicht vorstellen, dass daran irgendjemand Interesse haben könnte.

Sie lebte derzeit von ihrem Ehemann getrennt und hatte keine Ahnung, ob sie jemals zu ihm zurückkehren würde oder nicht.

Auch beruflich befand sie sich in einer Art Selbstfindungsphase. Sie hatte sich bisher noch nicht dazu entschließen können, wieder in ihrem alten Beruf als Kinderpflegerin zu arbeiten.

Das Einzige, was sie ganz sicher wusste, war, dass dieser unausgegorene Abschnitt ihres Daseins auch noch einer der unspektakulärsten war, den sie je erlebt hatte. Deshalb behielt sie ihn lieber für sich.

Auf keinen Fall wollte sie Michael Tomlinson langweilen mit ihren konfusen Gedanken.

Dieser Mann stand mitten im Leben und schien auf dem Höhepunkt seines Erfolges angekommen zu sein. Er sprudelte förmlich über vor spannenden Geschichten.

Samantha hörte Michael sehr gerne zu und interessierte sich aufrichtig für alles, was er zu erzählen hatte.

Je länger sie ihn dabei von der Seite betrachtete, desto mehr kam sie zu dem Schluss, dass sein ungekämmtes Haar das Einzige war, das es an ihm auszusetzen gab.

In ihr wuchs das Verlangen, mit bloßer Hand hineinzugreifen, um es zumindest grob in Ordnung zu bringen.

Wie es sich wohl anfühlen mag?

Samantha widerstand der Versuchung und trug die Platte mit den Sandwiches und ein paar Früchten nach draußen auf die Terrasse. Dort unterhielten sie sich weiter und merkten gar nicht, wie dabei die Zeit verrann.

Das wurde ihnen erst bewusst, als Michael erschrocken auf seine Armbanduhr sah: Diese zeigte kurz vor sechs Uhr an, worauf er sofort Anstalten machte, aufzubrechen.

»Genau jetzt, in diesem Moment, müsste ich bereits an der Küste sein. Ich sollte mich vielleicht wenigstens mal auf den Weg machen.«

Er lächelte bedauernd und Samantha sah ihm an, dass er lieber geblieben wäre.

»Oh, je! Da haben wir uns ja hübsch verplaudert!«

Sie ging ins Haus und kam kurz darauf mit einer Landkarte und Schreibzeug zurück.

»Das Wichtigste hätten wir jetzt beinahe vergessen«, sagte sie und kicherte.

Michael nahm ihr die Karte ab und hielt sie beschwörend wie eine Reliquie in die Höhe.

»Der eigentliche Grund meines Hierseins!«

Er lachte. Dann wurde er mit einem Mal ernst und gab sie ihr zurück.

»Das war eine sehr inspirierende ... außergewöhnliche Begegnung ... irgendwie ...«

Er rang um ein Wort.

»... fast ... magisch.«

Dann schüttelte er plötzlich den Kopf und belächelte sich selbst.

»Das muss ja fürchterlich kitschig klingen!«

Samanthas Herz machte einen Freudensprung.

»Sie müssen es nicht abschwächen. Ich weiß, was Sie meinen«, erwiderte sie mit aller ihr zur Verfügung stehenden Gelassenheit.

»Ich habe mich auch schon lange nicht mehr so gut unterhalten wie heute«, ergänzte er noch verwundert.

Samantha strahlte innerlich.

Dieser Mann konnte ja nicht ahnen, dass für sie an diesem Tag ein lange gehegter Wunsch in Erfüllung gegangen war. Wenn er ihr Zusammensein ebenso genossen hatte – umso besser!

»Ja ... Es war ein ganz besonderer ... ein geschenkter Nachmittag sozusagen«, stammelte sie selig.

Um von ihrer Befangenheit abzulenken, entfaltete sie geschäftig die Karte und breitete sie auf dem Terrassentisch aus.

Während sie sich in dem Gewirr von Himmelsrichtungen, Farben und Linien orientierten, standen sie nebeneinander.

Ein sinnlicher Duft mit feiner Moschusnote verirrte sich in Michaels Nase und machte es sich dort bequem.

Michael fühlte sich wie hypnotisiert und konnte Samanthas Ausführungen kaum folgen.

Seine Augen wanderten von der Landkarte hinüber zu Samanthas Arm, hinauf zu einer zartgebräunten Schulter und verweilten auf ihrem Hinterkopf.

Eine Klammer aus Perlmutt bemühte sich dort vergeblich, die seidige Haarfülle zu bändigen.

Eine widerspenstige Strähne hatte sich gelöst. Sie führte Michaels Blick den Hals hinunter und endete knapp über dem tiefen Rückenausschnitt ihres Oberteils.

Michael hatte den Eindruck, dass dieser irrsinnig betörende Geruch von Samanthas Nacken ausging. Zu gerne hätte er sich vergewissert, indem er die Quelle mit seiner Nase erkundet hätte und ...

»Hören Sie mir überhaupt zu?«

»Doch, ja«, entgegnete er schnell.

»Aber könnten Sie es mir bitte noch einmal erklären? Ich habe kein einziges Wort verstanden.«

Samantha lächelte und malte eine Skizze auf ein Blatt Papier. Sie nummerierte alle Straßen durch – von *Stoney Lane* bis *Cardington Manor* – und überreichte es ihm. »So! Jetzt haben Sie Ihre eigene kleine Landkarte.«
»Ja, maßgeschneidert und idiotensicher! Ich danke Ihnen!«, erwiderte er und lachte.

Während sie versuchte, ihm begreiflich zu machen, wo sich darauf ihr Haus befand und in welche Richtung er gleich fahren sollte, berührten sich ihre Hände.

Das fühlte sich für Samantha an, als würde sie einen Stromschlag bekommen und sie stockte kurzzeitig in ihrem Vortrag.

Oh Gott!

Wie sie es liebte, diesem Mann so nahe zu sein!

Damit der herrliche Zauber nicht aufhörte, tat sie so, als würde sie der Hautkontakt mit ihm nicht aus der Fassung bringen. Ja, als würde sie ihn nicht einmal bemerken.

Noch ein paar Mal verdeutlichte sie Michael geduldig die Route und dieser hing dabei aufmerksam an ihren Lippen, obwohl er es inzwischen längst verstanden hatte.

Als sie etwas später vor Michaels Auto standen, reichte Samantha ihm die Hand, die er sofort nahm. Er suchte den Blickkontakt, und als Samantha ihm direkt in die Augen schaute, bemerkte sie warme, goldene Sprenkel inmitten eines unendlich scheinenden Brauns.

Irritiert wich sie seinem Blick wieder aus, weil er ihr durch und durch gegangen war.

Michael behielt ihre Hand weiter in der seinen, als habe er nur vergessen, sie loszulassen.

Sein Händedruck war warm, kräftig und zärtlich zugleich. So hätte Samantha hundert Jahre verweilen mögen.

Dann wurde sie auf einmal verlegen, wie sie so dastanden, überrascht, was gerade mit ihnen passierte und entzog ihm ihre Hand wieder.

Michael stieg in seinen Wagen und rief ihr durch das geöffnete Seitenfenster noch zu:

»Auf dem Rückweg, so in ein paar Tagen etwa, fahre ich die gleiche Strecke wieder zurück. Also, ich meine, falls ich mich nicht wieder verfahre«, sagte er und sie lachten gemeinsam.

»Ich könnte dann noch einmal vorbeikommen und mir ansehen, was Sie mit den neuen Pflanzen gemacht haben. Würde Sie das freuen?«

Dabei wirkte er unsicher. Zum ersten Mal an diesem Nachmittag.

Samantha nickte und lächelte.

»Passen Sie auf, dass Sie nicht wieder vom rechten Weg abkommen!«

Michael grinste. Er winkte noch kurz und fuhr dann los.

Sie blickte dem blauen Geländewagen nach, bis er die holprige, staubige Straße den Hügel wieder hinabgefahren war.

Das Herz schlug Samantha jetzt bis zum Hals.

Ein Gefühl war in ihr aufgestiegen, das sie schon beinahe vergessen hatte.

Etwas in ihrer Brust zog sich schmerzlich zusammen.

Dass Michael Tomlinson ihr gefiel, wusste sie schon, seitdem sie ihn zum ersten Mal in ihrem bevorzugten Gartenmagazin *The Beauty of Nature* gesehen hatte. Doch wie es sich anfühlte, in seiner Nähe zu sein und seine Gegenwart zu spüren, hatte sie nun restlos verzaubert. Wie sehr war ihr erst in dem Moment klar geworden, als sie ihn hatte wegfahren sehen.

Wie eine Fata Morgana war er in ihrem Leben aufgetaucht, völlig unerwartet – beinahe unwirklich.

Und ebenso plötzlich war er nun wieder entschwunden.

War dieser Mann tatsächlich gerade noch bei ihr gewesen? Oder war er nur einem Tagtraum entsprungen – einer unbewussten Wunschvorstellung nach einem Mann, der zu ihr passte?

Die Porzellanzeugen auf dem Terrassentisch lösten ihre Zweifel wieder auf.

Einem unwiderstehlichen Impuls folgend nahm sie Michael Tomlinsons Teetasse, führte sie an ihren Mund und berührte die Stelle, von der er getrunken hatte. Sie schloss die Augen und fühlte ein angenehmes, aufregendes Prickeln auf ihren Lippen. Das Aroma von schwarzem Tee mit Milch und Zucker stieg ihr in die Nase. Samantha verharrte ein paar Sekunden reglos.

Plötzlich wurde ihr bewusst, was sie gerade tat. Mit ein paar Handgriffen räumte sie das Geschirr wieder auf das Tablett und trug es in die Küche zurück. Sie stellte die Tassen in die Spüle und ließ Wasser hineinlaufen.

Währenddessen lachte sie über sich selbst, wie jemand, der sich bei etwas Verrücktem ertappt hatte.

Doch das elektrisierende Gefühl auf ihren Lippen blieb.

Michael Tomlinson hatte Mühe, sich auf die Straße zu konzentrieren. Samantha Whitfield ging ihm nicht mehr aus dem Kopf. Andauernd sah er ihre Lippen vor sich, wie sie Worte formten. Immer wieder versuchte er, sich ihre Stimme dazu ins Gedächtnis zu rufen. Der Gedanke an die Art, wie Samanthas blaugrüne Augen mehrmals seinen Blick getroffen hatten, versetzte ihm einen Stich. Und die Erinnerung an ihren unbeschreiblichen Duft bescherte ihm wohlige Schauer.

Du wirst dich nicht ... Du darfst dich nicht verlieben!
So etwas kannst du jetzt nicht brauchen, also reiß dich

gefälligst zusammen! Konzentriere dich lieber auf die Straße und auf deine Arbeit!, ermahnte er sich in Gedanken selbst und vorübergehend half es.

2

Der blaue Geländewagen war von der Hauptstraße in die Zufahrtsstraße abgebogen. Durch einen kleinen Eichenwald sollte sie direkt nach *Cardington Manor* führen. Jedenfalls ging das für Michael Tomlinson aus dem Plan hervor, den ihm Samantha Whitfield zuvor skizziert hatte. Und dieser Weg entsprach ebenfalls der Überzeugung des Navigationsgeräts, das Michael zur Sicherheit noch eingeschaltet hatte. Eine energisch freundliche Frauenstimme wurde nicht müde, dies immer wieder kundzutun.

Die an beiden Straßenseiten hochragenden Bäume sahen aus, als wären sie an den Kronen zusammengewachsen. Sie bildeten einen grünen Tunnel, der an manchen Stellen dunkel und düster war, und an anderen lichtdurchflutet hellgrün leuchtete.

Dieser Weg war hübsch anzusehen. Doch schien er nicht enden zu wollen.

Michael beschlichen langsam Zweifel, ob er von der Hauptstraße aus die richtige Abzweigung genommen hatte. Hatte er die Skizze falsch interpretiert?

Auch wäre es nicht das erste Mal gewesen, dass seine elektronische Begleiterin ihn in ländlichen Gefilden in die Irre geführt hätte, obwohl sie jedes Mal stur behauptet hatte, im Recht zu sein.

Er beschloss, das Gerät demnächst aus dem Fenster zu werfen und an der nächsten Wendemöglichkeit umzukehren.

Doch so weit kam es nicht: Der grüne Tunnel war kurz darauf durchfahren.

Hinter einer Baumgruppe deutete sich ein imposantes Kunstwerk an. Beim Näherkommen verwandelte es sich jedoch in ein geöffnetes Eisentor, gehalten von zwei stattlichen gemauerten Säulen.

Er hielt den Wagen an, um es zu betrachten.

Doch was er dahinter sah, in einiger Entfernung, übertraf all seine Erwartungen und verschlug ihm den Atem: Da lag *Cardington Manor* majestätisch in der Abendsonne, umgeben von sattgrünen Wiesen und sorgfältig geschnittenen Buchsbäumen. Es bot einen prächtigen Anblick! Efeu umrankte die graue Fassade des altehrwürdigen Gemäuers und hüllte sie in ein warmes Farbenspiel.

An diese erste Begegnung mit *Cardington Manor* würde er sich noch lange erinnern. In den vergangenen Jahren hatte er durch seine Arbeit einige beeindruckende hochherrschaftliche Landsitze kennengelernt. Aber dieser hier war etwas Besonderes, das spürte er sofort.

Er hielt noch einen weiteren Moment inne, dann fuhr er langsam durch das Tor hindurch, die kiesbedeckte Auffahrt entlang. Das dezente Knirschen der Autoreifen drang durch das geöffnete Seitenfenster.

Er steuerte auf den großen Vorplatz zu, der sich dort befand, wo er den Eingang vermutete und parkte seinen Wagen.

Noch bevor er den Zündschlüssel abziehen konnte, war ein gütig dreinblickender älterer Herr in Livree auf ihn zugeeilt gekommen und öffnete dienstbeflissen die Wagentür.

»Guten Abend, Sir! Mein Name ist *Henderson*. Ich bin der Butler von Lord Cardington. Ich hoffe, Sie hatten eine angenehme Reise. Wir hatten Sie schon vor ein paar Stunden erwartet und waren schon in Sorge um Sie.«

»Ich danke Ihnen für den freundlichen Empfang, Mr Henderson.«

»Oh, bitte ... Nur *Henderson*, wenn ich mir erlauben darf, Sir«, unterbrach ihn sanft der Diener.

»Verzeihen Sie bitte – Henderson«, sagte Michael, »meine Reise hierher verlief zu meiner vollsten Zufriedenheit, vielen Dank. Für meine Verspätung bitte ich Sie vielmals um Entschuldigung. Ich wurde unerwartet aufgehalten.«

Einen Augenblick lang dachte er an den Grund seines mehrstündigen Zuspätkommens und spürte im selben Moment ein aufregendes Gefühl in seiner Magengegend.

Er fuhr fort, wobei er sich bewundernd umsah:

»Jetzt bin ich froh, endlich angekommen zu sein. Meine Güte! Was für ein prächtiges Anwesen!«

Er stieg aus, holte einen kleinen Handkoffer vom Rücksitz und folgte dem Butler die linke der beiden steinernen Freitreppen hinauf.

Die zwei Treppen waren gegeneinander spiegelverkehrt angeordnet und führten zu einer imposanten Haustür, die zu Michaels Empfang bereits offen stand.

Sie betraten die Eingangshalle, angesichts deren Größe Michael überschlug, eine vierköpfige Familie könnte bequem darin leben.

An den Wänden rundherum hingen Gemälde mit verschiedenen Jagdszenen. Der Boden war mit sehr großen Quadraten von schwarzem und weißem Stein ausgelegt.

Michael kam sich vor wie ein unbedeutender Bauer in einem überdimensionalen Schachspiel. Jetzt würde er also gleich auf den dazugehörigen König treffen.

Er atmete tief durch und folgte Henderson, dem Läufer in diesem Spiel.

Der durchquerte mit zügigen Schritten das Schachbrett, in dessen einer Ecke Charles Cyril, Lord Cardington darauf wartete, seinen Gast zu begrüßen.

Lord Cardington war ein Mann von 42 Jahren mit kräftiger Gesichtsfarbe, vollen Lippen und einem markanten

Kinn, vielleicht Ausdruck seiner Willensstärke. Seine hellblauen Augen blickten klar, doch die dunklen Schatten darunter verrieten, dass er wohl an Schlafmangel litt. Das schwarze, gewellte Haar war im Bereich der Schläfen graumeliert, was ihm hervorragend stand. Er trug einen dunklen Abendanzug, er hatte sich bereits für das Dinner gekleidet. Seine Statur war eher stattlich zu nennen und man sah ihm an, dass er gerne aß. Überhaupt wirkte er wie ein sinnenfroher Mensch, der den Genüssen, die das Leben zu bieten hatte, nicht abgeneigt war. Lord Cardington trug die Züge eines Gutsherrn: adelig und bäuerlich zugleich.

Michael war darüber ziemlich irritiert, denn er hatte einen typischen Blaublüter erwartet: Feingliedrigkeit gepaart mit Eleganz. Er hoffte inständig, dass sein überraschter Gesichtsausdruck nicht seine Enttäuschung verraten hatte.

Lord Cardington merkte von alldem nichts. Er wäre gar nicht auf die Idee gekommen, dass er seinem Gegenüber nicht gefallen könnte. Freundlich lächelnd reichte er Michael seine kräftige Hand zur Begrüßung.

»Willkommen, Mr Tomlinson! Schön, dass Sie meiner Einladung gefolgt sind! Hatten Sie eine angenehme Fahrt?«

Michael erwiderte ebenso freundlich und warf einen fragenden Blick auf seine eigene, unfeine Straßenkleidung. Er hätte sich aus Höflichkeit gerne noch umgezogen, aber Lord Cardington schüttelte entschuldigend mit dem Kopf und ließ seinen Gast mit einer einladenden Geste in das nahe gelegene Speisezimmer vorangehen.

Dort stand als Esstisch eine lange Tafel aus dunklem, glänzenden Holz, die an den gegenüberliegenden Seiten für zwei Personen gedeckt war. Der Raum war sehr behaglich eingerichtet und seine Wände waren mit sonnengelber Seide bespannt. Ein knisterndes Feuer brannte in einem mannshohen Kamin, auf dessen Sims eine antike Uhr gerade acht Mal schlug, als sie den Raum betraten.

Sie nahmen Platz und lächelten sich freundlich zu.

Michael hatte noch niemals zuvor an einer solch erlesenen Tafel gesessen. Vom feinsten elfenbeinfarbenen Porzellan, Tafelsilber mit Familienwappen bis zu den kristallenen Gläsern war alles von imponierender Eleganz.

Michaels erster Eindruck eines etwas bäuerlichen Gutsherrn begann, sich ein wenig abzuschwächen. Diese Art zu speisen hatte eindeutig Klasse!

Während des mehrgängigen Dinners unterhielten sie sich angeregt und lernten sich dabei ein wenig kennen.

»Lassen Sie uns doch morgen in der Früh eine Besichtigung machen!«, schlug Lord Cardington vor, bevor sie sich zur Nacht verabschiedeten.

Er hatte sich inzwischen erhoben und geleitete seinen Gast noch hinaus in die Eingangshalle, wo Henderson bereits wartete.

Der Butler führte Michael in eines der Gästezimmer, das man auf *Cardington Manor* das *Boudoir* nannte.

Lord Cardingtons Großmutter hatte diesen großzügigen Raum vor vielen Jahren nach einem längeren Aufenthalt in Frankreich eingerichtet. Die Ausstattung hatte sie einem Schlafzimmer in einem der berühmten Loire-Schlösser nachempfunden. Mit bemerkenswerter Akribie war hier jedes Detail in einem warmen, dunklen Rot gehalten, von den changierenden Tapeten bis hin zu den seidenen Sofakissen.

Auf einem edlen Sekretär hatte man sogar hellrotes Briefpapier und daneben ein Füllfederhalter in der gleichen Farbe deponiert. Auch ein silberner, mit geschliffenen Granaten besetzter Brieföffner lag bereit.

Michael war überwältigt von der Atmosphäre dieses Zimmers, konnte jedoch kaum noch seine Augen offen halten. Nein, er konnte jetzt nichts mehr aufnehmen. Nach diesem ereignisreichen Tag fühlte er sich wie erschlagen und fiel nur noch todmüde ins Bett. Innerhalb von Sekunden schlief er ein und träumte einen dunkelroten Traum.

3

Am nächsten Morgen hatte Michael zunächst Mühe, sich daran zu erinnern, wo er sich befand und wie er in dieses merkwürdige Zimmer gekommen war. Doch langsam dämmerte es ihm und er sah sich verschlafen um. Die Vorhänge waren noch zugezogen und die Luft schien rot gefärbt zu sein.

Er erkannte nun viele weitere hübsche Details, die ihm am Abend zuvor entgangen waren: Gemälde mit in Rot gehaltenen Motiven, eine gläserne Blumenvase, die geschliffen war wie ein riesiger Rubin, blutrote Kerzen, Teppiche und eine kleine lederne Sitzgruppe.

Als er in einem Bücherregal nur Bücher mit roten Rücken in verschiedenen Tönen entdeckte, lachte Michael laut auf.

Beim Anblick eines weiblichen Torsos aus scharlachfarbenem Marmor schob sich Samantha Whitfield in seine Aufmerksamkeit und er dachte daran, wie sie sich begegnet waren. Und schon wieder bekam er dieses heftige Ziehen, das Herz und Magen in jeweils zwei Hälften zu teilen schien.

Oh Gott, es hat mich also doch erwischt!

Er lächelte selig vor sich hin und umschlang seine rosenrote Bettdecke.

Die Begegnung mit Samantha Whitfield war weniger als zwanzig Stunden her und doch fühlte es sich an wie vor einer Ewigkeit. Die einzigartige Welt von *Cardington Manor* hatte ihn wohl vollkommen in ihren Bann gezogen und verschluckt.

Schließlich stand er auf und ging zu einem der Fenster, durch das die Morgensonne hereinblinzelte und schob den schweren, dunkelroten Brokatvorhang zur Seite. Sein Blick fiel hinaus auf das weite Land. Was sich ihm dort offenbarte, übertraf Michaels Erwartungen.

Vor ihm lag eine Szenerie, wie man sie nur noch aus Bilderbüchern oder alten englischen Spielfilmen her kannte: eine liebliche, sattgrüne Landschaft mit allerlei Bäumen, Büschen, Hecken, Feldern, Wegen und einem kleinen Bach, der sich malerisch durch das ganze Bild hindurchschlängelte.

Was für ein traumhaft schönes Fleckchen Erde lag da ausgebreitet vor ihm!

Beim Betreten des angrenzenden Badezimmers versank er sogleich bis zu den Knöcheln in einem unglaublich weichen Teppich. Dieser war ebenso rubinrot wie die glänzenden, diagonal verlegten Fliesen an den Wänden und auf dem Boden.

Dicke, flauschige Badetücher im gleichen Farbton sowie ein exquisiter Bademantel, den das Wappen der Cardingtons zierte, lagen einladend bereit.

Ein edles Duschgel in einem tiefroten Kristallflakon stand auf einem kleinen Wandvorsprung in der Duschkabine und verströmte einen köstlichen Duft nach Sandelholz und Rosen.

Michael stockte kurzzeitig der Atem.

Dieser so opulent ausgestattete Raum hatte so rein gar nichts gemein mit der spartanischen Nasszelle in seiner bescheidenen Londoner Wohnung. Er hatte seine zwei Zimmer eher zweckmäßig und praktisch eingerichtet, da er ohnehin die meiste Zeit unterwegs war.

Nun war es ihm zunächst ungewohnt, sich inmitten dieser Fülle für den neuen Tag fertigzumachen, doch – ein wenig belustigt – fand er schließlich Gefallen daran. Dieser wohlige Farbenrausch und weitere liebevoll ausgewählte Einzelheiten, die er noch entdecken sollte, amüsierten ihn mit der Zeit geradezu.

Als er etwas später wunderbar erfrischt und mit dynamischem Schritt die Freitreppe herunterkam, stand Henderson schon bereit, um ihn zu begrüßen.

»Guten Morgen, Sir- Ich hoffe, Sie hatten eine angenehme Nacht. Haben Sie alles zu Ihrer Zufriedenheit vorgefunden?«

»Guten Morgen, Henderson. Ja, alles war bestens, vielen Dank. Ein außergewöhnliches Gästezimmer haben Sie da.«

Der Butler führte ihn in das Frühstückszimmer. Dies war die ehemalige *Orangerie*, ein prächtiger gläserner Anbau, der in früherer Zeit als Gewächshaus gedient hatte. Lord Cardingtons Urgroßeltern hatten darin seltene Orchideen und Südfrüchte züchten lassen. Doch bereits die Generation ihrer Enkel war wesentlich praktischer veranlagt und hatte nicht viel übrig für derlei Exotisches. Und so wurde das ehemalige Treibhaus in ein gemütliches Frühstückszimmer mit hellen Korbmöbeln umgewandelt.

Seitdem genoss man von dort den allmorgendlichen Blick in den weiten Himmel und auf den wunderschönen Park. Und man konnte sich den Spekulationen über das Wetter des jeweiligen Tages hingeben.

Charles Cyrill, Lord Cardington hatte sich bereits dort eingefunden. Mit einem Glas Orangensaft in der Hand kam er auf Michael zu, reichte es ihm und begann sofort freundlich auf ihn einzureden.

»Nachdem Sie sich gestärkt haben, werden wir ausreiten«, bestimmte er, während er sich von Henderson an einem kleinen Buffet den Teller füllen ließ.

»Sie reiten doch, Mr Tomlinson?«

Michael bejahte und tat es ihm gleich.

Er stellte seinen Teller mit Porridge und frischen Früchten auf den Frühstückstisch, der bedeckt war von einem Tuch mit bläulichem Blumendruck. Dieses Dekor zierte auch die Vorhänge und die Polster des Korbsessels, den er sich zurechtrückte.

Verspielte Muster mit Blütengirlanden waren nicht nach Michaels persönlichem Geschmack. Aber Details wie diese verzauberten den eher kargen gläsernen Anbau in einen sehr behaglichen Ort.

In diesem so sorgfältig geführten Haus blieb wirklich nichts dem Zufall überlassen.

Lord Cardington hatte ihm gegenüber Platz genommen.

Während sie aßen, stellte Michael viele Fragen über die Geschichte des Hauses und konnte auf diese Weise bereits ein wenig Hintergrundinformation sammeln.

Dann brachen sie auf.

Den ganzen Tag bis zum späten Nachmittag verbrachten sie auf den Ländereien.

Lord Cardington wurde nicht müde, Michael alles zu zeigen und Michael wurde nicht müde, alles Gezeigte begeistert aufzunehmen und immer noch mehr sehen zu wollen.

Nach ihrer Rückkehr gegen fünf Uhr am Nachmittag trennten sie sich, um sich frisch zu machen.

Michael ließ sich von Henderson Tee auf sein Zimmer bringen und ruhte sich ein wenig aus. Schon länger war er nicht mehr auf einem Pferd gesessen und spürte nun jeden Knochen im Leib.

Nach einem heißen Bad kleidete er sich für das Abendessen um. In letzter Sekunde hatte er sich zuhause dafür entschieden, sein Dinnerjacket mitzunehmen, und war nun froh darüber, es eingepackt zu haben.

Er war gespannt, wie dieser vielversprechende Tag nun weiterverlaufen würde. Bis zu diesem Zeitpunkt hatte er noch immer nicht erfahren, mit welcher Absicht er überhaupt nach *Cardington Manor* gebeten worden war.

Pünktlich um 19.30 Uhr traf Michael im Speisezimmer ein und wurde dort bereits von seinem Gastgeber erwartet. Die Szenerie glich einem *Déjà-vu* des Vorabends.

Während der Vorspeise kam Lord Cardington dann plötzlich und ohne große Umschweife auf den Punkt.

»Mr Tomlinson, Sie fragen sich sicher schon die ganze Zeit, warum Sie eigentlich diese lange Fahrt von London hierher auf sich genommen haben. Der Grund ist, ich möchte, dass Sie für mich arbeiten. Damit meine ich nicht, dass Sie meinen Park ein wenig umgestalten sollen oder etwas Derartiges. Nein, ich möchte, dass Sie nur noch für mich arbeiten. Mit einem entsprechenden monatlichen Festgehalt, versteht sich. Leben würden Sie auf *Cardington Manor* oder zumindest in der Nähe. Was halten Sie von meinem Vorschlag?«

Michael blieb das hervorragende *Hors-d'oeuvre* buchstäblich im Hals stecken.

Es lag offensichtlich nicht in der Natur von Lord Cardington, schöne Worte zu machen oder um den heißen Brei herumzureden.

Michael hustete und räusperte sich mehrmals, was ihm half, Zeit zu gewinnen und zu begreifen, was er da soeben gehört hatte.

Ihm war nicht klar, ob er sich geschmeichelt fühlen oder diesen Wunsch für anmaßend halten sollte.

»Zu welchem Zweck? Ich meine, soweit ich mich heute davon überzeugen konnte, ist Ihr Park und auch das ganze restliche Land doch in bemerkenswert gutem Zustand.«

Er nahm einen großen Schluck Wasser, um sich des Restes Blätterteigpastete in seiner Kehle zu entledigen.

»Verstehen Sie doch, Mr Tomlinson, ich liebe meine Ländereien. Sie sind das Einzige, was mir noch geblieben ist, was mir wirklich am Herzen liegt. Mit Ihrer Hilfe möchte ich sie zu wahrer Perfektion bringen.«

Er nahm die silberne Tischglocke und läutete nach Henderson, um das Servieren des Hauptgangs zu veranlassen.

»Mein Land soll das ertragreichste und wertvollste weit und breit werden! Das Beste! Ganz Britannien soll darüber sprechen!«

Während er von seiner Vision erzählte, leuchteten seine Augen wie im Fieber und seine Wangen nahmen bis zum Hals hektische rote Flecken an. Überhaupt wirkte Lord Cardington plötzlich wie ein aufgeregter kleiner Junge, dem jegliches Maß für seine Begeisterung abhandengekommen war.

Michael fragte sich, welche Motive wohl hinter dessen Anliegen stecken mochten.

Oder war dieser Mann ganz einfach verrückt?

Henderson bot Wein aus einer Kristallkaraffe an.

Michael lehnte dankend ab. Er brauchte seinen klaren Verstand.

Lord Cardington dagegen ließ sich bereitwillig nachschenken.

Um größtmögliche Sachlichkeit bemüht, sagte Michael vorsichtig: »Verzeihen Sie mir die Frage, Sir, aber warum das Ganze? Ich verstehe auch noch immer nicht, warum Sie meine Kreativität exklusiv haben möchten. Ein paar Projekte, meinetwegen, aber ausschließlich, das heißt, nur noch für Sie arbeiten in Festanstellung ... das scheint mir doch reichlich übertrieben. So groß kann Ihr Land doch gar nicht sein, dass diese Maßnahme gerechtfertigt wäre.

Irgendwann ist man doch fertig und es gibt dann nichts mehr zu verbessern.«

Lord Cardington machte eine gedankenvolle Pause.

Dieser Michael Tomlinson war offenbar nicht so leicht zu beeindrucken wie die Menschen, mit denen er es sonst zu tun hatte. Bislang genügte der Wohlklang seines Namens oder nur die leise Andeutung eines Wunsches, um jedermann für seine Zwecke zu gewinnen. Oder sich zumindest dessen Gunst zu versichern. Ein Angebot wie dieses hätte niemand ausgeschlagen, den er bis jetzt kennengelernt hatte.

»Das ist nur meine übliche Vorgehensweise: Ich habe ein Ziel, in diesem Fall, die besten Ländereien zu besitzen. Um das zu verwirklichen, suche ich mir den besten Mann dafür, dessen Arbeitskraft dann selbstredend niemandem sonst mehr zur Verfügung steht. Wer für mich arbeitet, arbeitet eben nur noch für mich. Exklusiv, sozusagen!«

Als Michael nicht reagierte, fuhr Lord Cardington fort: »Sehen Sie, Mr Tomlinson, jeder Mann hat doch ein bedeutendes Ziel im Leben ... Oder jedenfalls sollte jeder eines haben«, schwächte er ab, den Blick beschwörend auf sein Gegenüber gerichtet.

»Und mein großes Ziel ist es, meinen Besitz zu höchster Blüte zu kultivieren.«

Er nahm einen Schluck Wein.

»Welches ist Ihr höchstes Ziel im Leben, Michael? Ich darf Sie doch *Michael* nennen?«

Michael nickte. Er hatte aufmerksam zugehört. Keine Sekunde lang hatte er erwartet, vor seinem wildfremden Auftraggeber sein Innerstes nach außen kehren zu müssen. Er hatte es auch bestimmt nicht vorgehabt. Schließlich beantwortete er diese sehr persönliche Frage doch, denn eigentlich hatte er nichts zu verlieren.

»Mein höchstes Ziel war es schon immer, frei zu sein. Und darüber hinaus, die Natur zu gestalten und zu veredeln, sofern Gottes Schöpfung dies überhaupt nötig hat. Ich habe hart dafür gearbeitet, mir beides zu verwirklichen. Mein Geschäft floriert und ich kann mir inzwischen aussuchen, für wen ich arbeiten möchte, und für wen nicht.«

Sein Blick streifte kurz den seines sichtlich beeindruckten Gegenübers.

»Diese Freiheit bedeutet mir mehr als alles andere. Sie erlaubt mir, immer so zu arbeiten, wie ich will und mich für niemanden verbiegen zu müssen. Meine Kunden wollen ausdrücklich meine Handschrift in ihren Gärten sehen ... ich fühle mich durch Ihr Angebot wirklich sehr geschmeichelt, Sir ...«

»*Charles*! Nennen Sie mich doch *Charles*!«, unterbrach er ihn, als würde eine vertraulichere Anrede die Dinge zu seinen Gunsten verändern.

»Ich fühle mich durch Ihr Angebot wirklich sehr geschmeichelt, Charles«, wiederholte sich Michael aus Höflichkeit.

Es widerstrebte ihm, Lord Cardington beim Vornamen zu nennen, verringerte es doch die Distanz zwischen ihnen. Distanz, die er benötigte, um unbeeinflusst über diesen Vorschlag nachdenken zu können.

»Ihr Anwesen ist einfach unglaublich! Imposant! Wunderschön! Atemberaubend! So etwas sieht man wirklich selten. Es wäre durchaus eine großartige Herausforderung für mich, aber ...«

Lord Cardington fiel ihm schon wieder ins Wort:

»Was gibt es denn da noch zu überlegen? Sie haben doch heute meinen gesamten Besitz besichtigt. Hat er Sie nicht schon überzeugt, bevor Sie überhaupt wussten, was ich Ihnen vorschlagen will?«

»So schnell entschlossen bin ich nicht, Sir. Das ist einfach nicht meine Art. Ich wollte ohnehin gleich nach dem Dinner nach London zurückfahren und ...«

»Das kommt doch überhaupt nicht infrage! Selbstverständlich sind Sie noch eine weitere Nacht mein Gast! Schlafen Sie erst einmal in Ruhe über mein Angebot! Bestimmt sehen Sie die ganze Sache morgen früh positiver.«

Lord Cardington war sich seiner Sache offenbar verdammt sicher. Er betätigte die Glocke erneut und kurz darauf erschien Henderson.

Der Butler servierte frische Früchte zum Dessert und füllte die Portweingläser.

»Wie kommen Sie eigentlich ausgerechnet auf mich?«

»Weil ich Leute kenne, für die Sie gearbeitet haben. Lord Brighthead in *Minstrel Hall* bei Canterbury, um nur ein Beispiel zu nennen. Sie erinnern sich bestimmt! Und noch ein paar andere, Sir Christian Alexander von *Woodhouse Eaves*. Allen voran natürlich mein alter Freund Cornelius Fox, der dieses riesige Anwesen bei *Appleton* geerbt hat. Ihre Arbeit ist zur Zeit in aller Munde: Überall höre ich nur Lobeshymnen über Ihre außergewöhnliche Kreativität.«

Natürlich freute sich Michael einerseits über diese Anerkennung und er lächelte geschmeichelt. Aber es war ihm nicht wirklich wohl dabei. Er fühlte sich überfahren. Seine Einwände behielt er jedoch für sich.

Dieser Charles war ein harter Brocken, so viel stand fest. Er wusste offenbar stets, was er wollte und wie er es bekam. Und bis zu diesem Zeitpunkt hatte er wohl auch immer alles bekommen, das er sich in den Kopf gesetzt hatte. In diesem Fall war es eben Michael, den Charles wollte.

Er kam sich vor wie ein Beute-Insekt, das sich in den klebrigen Fäden eines Spinnennetzes verfangen hatte.

Nun musste er sich schleunigst zu entwinden versuchen, bevor die Spinne Charles das Netz zuziehen konnte, um ihn sich mit Haut und Haaren einzuverleiben.

Michael fühlte sich ganz und gar nicht wohl bei dieser Vorstellung, nahm aber trotzdem Charles' Einladung für diese zweite Nacht an. Er war immerhin sehr großzügig bewirtet worden und wollte jetzt nicht unhöflich werden. Außerdem verspürte er nicht mehr die geringste Lust, sich zu dieser späten Stunde noch eine Unterkunft zu suchen. Im Laufe des Abends hatte er bereits zwei Gläser Wein getrunken und war nach diesem äußerst anstrengenden Tag doch schon ziemlich erschöpft. Ein wenig Zeit würde er am nächsten Vormittag noch investieren und dann höflich ablehnend wieder nach London zurück fahren. Und auf dem Weg dorthin würde er noch einen Abstecher zu Samantha Whitfield machen.

Nach dem Dinner gingen sie noch ins Kaminzimmer, um einen Schlummertrunk zu nehmen.

»Einen Whisky?«

Ohne Michaels Antwort abzuwarten, machte sich Lord Cardington an einem altehrwürdigen Barschrank zu schaffen. Er hantierte routiniert.

»Ja, sehr gerne.«

»Ich habe da etwas ganz Besonderes für Sie: *Single Cask Malt* aus einer ganz kleinen Destillerie in den Highlands«, verkündete der Lord feierlich.

Er reichte seinem Gast ein schweres, fein verziertes Glas, das schon ohne seinen Inhalt eine Kostbarkeit war.

»Oh, da bin ich aber gespannt.«

Michael führte es zur Nase, schwenkte es in kleinen Kreisen und sog genüsslich den Duft des vortrefflichen Inhalts ein.

»Sehr erlesen! Sie wissen wirklich zu leben, Charles.«

»Stark limitierte Abfüllung. Die Flaschen sind sogar handnummeriert«, fügte dieser nicht ohne Stolz hinzu.

»Ich kenne den Erzeuger seit Langem. Er beliefert mich persönlich jedes Jahr.«

»Ein wirklich edler Tropfen!«, staunte Michael nach dem ersten Schluck und sah sich interessiert im Zimmer um.

Dieser alte Herrensalon lud wahrlich dazu ein, sich zu entspannen. Mittelpunkt des Raums war eine mannshohe Feuerstelle mit rußbedecktem Gemäuer. Darin knisterten und knackten brennende Holzscheite.

Michael liebte dieses behagliche Geräusch.

Um den Kamin herum waren wuchtige schwarze Ledermöbel gruppiert: Sessel und zweisitzige Sofas, zwischen denen kleine Abstelltische aufgestellt waren. An einer Wand hing ein großformatiges Ölgemälde. Es zeigte einen Reiter hoch zu Ross, umgeben von einer johlenden Hundemeute.

Davor, in einer Nische, stand eine dunkelgrüne Chaiselongue, an deren Fußende ein kariertes Cashmere-Plaid lag. Das restliche Mobiliar diente der Aufbewahrung von Kristallgläsern, ausgesuchten Getränken und Rauchutensilien.

Lord Cardington leerte sein Glas in einem Zug. Dann murmelte er eine knappe Entschuldigung und verließ diskret den Raum.

Michael merkte plötzlich, wie müde er war. Dieser Tag war doch sehr anstrengend für ihn gewesen. Um nicht einzuschlafen, stand er auf, ging zum Kamin und legte ein paar Holzscheite nach.

Trotz der warmen Jahreszeit konnte man in diesem stets etwas kühlen Herrenhaus am Abend doch ein behagliches Feuer vertragen.

Charles war noch nicht zurückgekommen und so vertrieb sich Michael weiter die Zeit. Er betrachtete die Fotos, die aufgereiht in verschiedenen Silberrahmen auf dem Kaminsims versammelt waren: Charles als Kind, mit seinen Eltern, bei einer Bergbesteigung und in Siegerposen mit diversen Pokalen. Daneben, etwas abseits, stand noch die Fotografie einer Frau.

Die schummrige Beleuchtung veranlasste Michael, den Rahmen vom Kaminsims zu nehmen und unter eine Wandlampe zu halten. Er erkannte nun, dass diese Frau nicht nur jung, sondern auch sehr schön war.

Und dann traf es Michael wie ein Blitz: Er selbst war dieser Frau erst vor Kurzem begegnet! Diese Erkenntnis fühlte sich an, als hätte ihm jemand plötzlich und unerwartet einen Eimer voll Eiswasser über den Kopf gegossen.

Es gab keinen Zweifel: Das war Samantha Whitfield! Auf Hochglanz poliert, im Silberrahmen ausgestellt, aufwändig zurechtgemacht und offenbar von einem Profi fotografiert.

Dann besah sich Michael das Bild eingehender.

Samantha lächelte den Betrachter an. Vielmehr lächelte ihr Mund, während ihre Augenpartie traurig, fast schon verzweifelt wirkte.

»Gefällt Ihnen meine Frau?«

Michael fuhr herum.

»Ihre Frau?«

Ohne dass er es bemerkt hatte, war Charles ins Kaminzimmer zurückgekehrt und stand bereits wieder vor dem Barschrank. Er gab sich amüsiert, was ihm auch halbwegs gelang, doch schenkte er sich sogleich einen doppelten Drink nach.

»Ja! Das ist meine Samantha!«, antwortete er mit einem zärtlichen Unterton von Besitzerstolz, den Michael nicht überhören konnte.

Mit den Worten *Ich bin Samantha* hatte sie sich ihm damals vorgestellt, was sich direkt in seine Erinnerung eingebrannt hatte.

Michael war bestürzt in seiner Gewissheit, wollte sich dies aber keinesfalls anmerken lassen.

Einen Augenblick lang überlegte er sogar, ob es nicht vielleicht besser wäre, von ihrer Begegnung zu erzählen.

Doch dann entschied er sich dafür, so zu tun, als kannte er sie nicht.

Was hätte er diesem Charles auch sagen sollen?

Auf dem Weg zu Ihnen bin ich Ihrer Frau zufällig begegnet und wir konnten uns über mehrere Stunden nicht voneinander losreißen?

So etwas etwa?

Nein, er hatte jetzt keine Lust auf Erklärungen. Und schließlich ging es auch niemanden etwas an.

»Wann werde ich sie« denn kennenlernen?«, erkundigte er sich deshalb so unbeteiligt, wie es ihm möglich war, und stellte das Bild zurück an seinen Platz.

»Sie werden sie nicht kennenlernen.«

»Oh, ist sie verreist?«, fragte Michael scheinheilig und setzte sich in einen der bequemen Klubsessel.

Lord Cardington trank eine großzügige Menge aus seinem kristallenen Becher und behielt sie eine Weile im Mund.

Überhaupt schien er in seinem Verhalten ziemlich verändert, als hätten ihm die Whiskydämpfe die Sinne vernebelt.

Nach einem weiteren Schluck und einer längeren Pause antwortete er endlich: »Nein. Samantha hat mich verlassen ... Einfach allein gelassen.«

Und nach einer Weile: »Sie hält es nicht mehr aus mit mir, hat sie gesagt.«

Er leerte sein Glas und füllte es erneut, diesmal bis zum Rand. Als er es zum Mund führte, verschüttete er einiges vom edlen Scotch, was nahezu unsichtbar in seinem braunen Cashmere-Pullover versickerte.

»Aber ich bin sicher, sie wird eines Tages wieder zu mir zurückkommen.«

Michael wusste nicht, was er darauf sagen sollte, doch das war auch gar nicht nötig, denn Lord Cardington setzte seinen Monolog frisch gestärkt fort: »Ganz bestimmt. Schon sehr bald!«

Er erhob sein Glas, um auf diese Beschwörungsformel anzustoßen, doch Michael stand nur regungslos da und erwiderte die Geste nicht.

»Einfach abgehauen ist sie! ... Ach, was soll's! Jetzt bist du ja da! Und darauf trinken wir jetzt!«

Er prostete seinem verlegenen Gast heftig gestikulierend zu. Dabei verschwand nochmals ein ganzer Schwall von Whisky, diesmal in einem edlen Seidenteppich, der vor dem Kamin lag.

Michael versuchte mit aller Kraft, Haltung zu bewahren und Charles ein wenig von seiner Würde zurückzugeben.

»Aber, Sir, ...«, wollte er dagegen setzen. Doch er kam nicht weit.

»Ach was, *Sir*!«, lallte sein Gegenüber belustigt. »Nenn mich doch einfach *Charlie*, mein lieber Freund!«

Der Alkohol hatte seine Wirkung inzwischen voll entfaltet. Charles war in Höchstform. Der Geist seines edlen Whiskys half ihm dabei, seine stets unterdrückten Gefühle direkt zu äußern, statt immer nur den unterkühlten Gentleman zu geben.

Nein! Michael sah sich ganz und gar nicht als *lieben Freund* von Lord Cardington. Und er würde ihn auch sicher niemals *Charlie* nennen wollen.

Er stellte sein kaum berührtes Whiskyglas geräuschvoll auf einem der Tischchen ab und verfluchte sich dafür, dass er dieses Foto betrachtet hatte.

Charles Cyril, Lord Cardington hatte inzwischen angefangen, hemmungslos zu weinen. Er war auf dem altehrwürdigen Ledersofa in sich zusammengesunken und
schluchzte wie ein kleiner Junge.

Michael war durch diese Entgleisung aufs Äußerste
peinlich berührt. Jetzt war es für ihn wirklich allerhöchste
Zeit, sich für diesen Abend zu verabschieden.

Er läutete nach Henderson, bedeutete ihm die Situation. Danach zog er sich diskret und mit eiligen Schritten
ins *Boudoir* zurück.

Endlich allein mit seinen Gedanken versuchte er, sich
Samantha Whitfield als Hausherrin auf *Cardington Manor* vorzustellen.

Doch alles, was er zustande brachte, war das Bild von
ihr, das er seit ihrer Begegnung verinnerlicht hatte und
auch nicht mehr loswerden konnte: wie sie, mit einem
Top und ausgeblichenen Shorts bekleidet, barfüßig durch
ihr Häuschen auf die Terrasse gekommen war.

Und wie sie Haarsträhnen gedankenverloren gebändigt
hatte, die ihr ins Gesicht gefallen waren, indem sie kurzerhand ihre Frisur geöffnet und mit ein paar schnellen,
gekonnten Handgriffen eine neue gezaubert hatte.

Und ihr Lächeln. Immer wieder dieses hinreißende Lächeln, ohne jegliche Spur von Qual oder Verzweiflung,
was ihn beim Betrachten dieses Fotos so irritiert hatte.

Er musste dringend zu Samantha Whitfield fahren und
sie fragen ... ja, was eigentlich? Durfte er eine wildfremde
Frau einfach zur Rede stellen, weil sie ihr Leben lebte?
Dazu hatte er doch überhaupt kein Recht.

Nach gefühlten Stunden in einem ausweglosen Gedankenkarussell schlief er endlich ein und träumte wirres
Zeug.

Am Ende dieser zweiten Nacht im *Boudoir* holte Michael
sehr früh die Erinnerung an den gemeinsamen Abend mit

Lord Cardington ein. Am liebsten hätte er sich auf der Stelle in Luft aufgelöst, so unangenehm und beklemmend empfand er Charles' Versuche, ihn zu vereinnahmen.

Die Aussicht auf weitere melancholische, von – wenn auch sehr erlesenem – Whisky durchweichte Abende mit Charles im Kaminzimmer, mit sentimentalen Selbstgesprächen über dessen gescheiterte Liebe zu Samantha, erschien ihm ungefähr so verlockend wie ein Pistolenschuss ins Knie.

Michael hielt es nun keine weitere Sekunde länger in seinem Bett aus. Nicht einmal mehr für die hübschen Dinge in seinem Zimmer war er empfänglich.

Während er unter der Dusche stand, dachte er darüber nach, wie er sich so rasch und elegant wie möglich aus der Affäre ziehen und *Cardington Manor* verlassen könnte. Eine plausible Ausrede, auf die selbst Charles nichts entgegnen könnte, musste ihm jetzt einfallen.

Doch er sorgte sich umsonst, wie sich kurz darauf herausstellte. Als er sich im Frühstückszimmer einfand, war Lord Cardington gar nicht da. Dieser ließ Michael durch Henderson seinen tiefsten Dank überbringen für das Interesse und die Zeit, die er für dessen Landsitz aufgebracht hatte. Wegen dringender Termine sei es ihm leider nicht mehr möglich gewesen, seinen Gast persönlich zu verabschieden.

Michael war überrascht und erleichtert zugleich, denn er hatte nicht damit gerechnet, so leicht davon zu kommen. Doch nach kurzer Zeit mischte sich ein wenig gekränkter Stolz dazu. Nun erschien es ihm doch nicht mehr so erstrebenswert, einfach wieder entlassen zu werden.

Kurz darauf saß Michael – von Henderson gewissenhaft verabschiedet – in seinem Wagen. Er ließ seinen Blick noch einmal über das prächtige Gebäude und dessen atemberaubende Umgebung schweifen. Noch eine ganze Weile war im Rückspiegel die Gestalt des Butlers auszumachen. Dieser blickte dem Wagen nach, bis er das große Tor passiert hatte und im angrenzenden Wäldchen verschwunden war.

Hinter Michael lagen nun zwei sehr ereignisreiche Tage, die damit begonnen hatten, dass er Samantha Whitfield begegnet war.

Einige Male musste er sich dazu zwingen, sich auf den Straßenverkehr zu konzentrieren, denn seine Gedanken sprangen immer wieder umher wie Pingpongbälle.

Er fragte sich, warum Samantha ihm damals nicht gesagt hatte, dass er auf dem Weg zu ihrem Ehemann war. Auch wenn sie sich offenbar von Charles getrennt hatte. Sie hatte wohl keine Veranlassung dazu gehabt, ihn vorzuwarnen. Schließlich hatten sie sich nur ein paar Stunden unterhalten. Sie kannten sich praktisch kaum. Ihr Ehemann war ihr offenbar trotz allem noch immer sehr wichtig und er selbst dagegen ohne Bedeutung.

Das war für Michael in diesem Moment die einzig plausible Schlussfolgerung.

Ich fahre da jetzt hin und frage sie, ob ...

Ein vertrautes Geräusch holte ihn in die Gegenwart zurück. Es war das aufdringliche Klingeln seines Mobiltelefons, das er zwar hören, aber nicht sehen konnte, da es sich offenbar unter dem Beifahrersitz befand.

Erst jetzt ging ihm auf, dass es sich die letzten Tage dort befunden haben musste.

Halleluja! Unter dem Sitz!

Aber wenigstens war es da. Er hatte es nicht verloren, wie er schon befürchtet hatte.

Solange er fuhr, hatte er Mühe, das verflixte Ding in die Hand zu bekommen.

Es gelang ihm erst, als er am Straßenrand angehalten und das Klingeln bereits wieder aufgehört hatte.

Er steckte den kleinen schwarzen Apparat in die dafür vorgesehene Haltevorrichtung.

Die Mailbox zeigte 26 verpasste Anrufe, weil er die vergangenen 36 Stunden nicht erreichbar gewesen war.

Als er den Knopf drückte, um die letzte Nachricht abzurufen, erklang eine ihm vertraute Stimme, die des Herausgebers von *The Beauty of Nature*:

»Hallo, Michael, hier spricht Peter Ryan. Ich versuche schon seit einer Ewigkeit, Sie zu erreichen. Hier ist der Teufel los! Unser Server ist durch einen Virus nicht erreichbar! Das bedeutet, dass wir Ihre bereits zugesandten Artikel für die August-Ausgabe nicht abrufen können. Bitte melden Sie sich dringendst und senden Sie uns so schnell wie möglich nochmal die Titelstory und den Artikel zur Fluss-Renaturierung zu. Redaktionsschluss ist Donnerstag um 13 Uhr. Wenn Sie diese Nachricht nicht rechtzeitig abhören, haben wir alle wirklich ein Problem! Auf Wiederhören!«

So verzweifelt hatte Michael Peter Ryan noch nie erlebt. Wenn er sich nicht irrte, war heute Donnerstag und die Digitaluhr im Wagen zeigte 10:54 Uhr an.

Etwa zwei Stunden würde er noch nach London brauchen. In seiner Wohnung hätte er dann gerade noch Zeit, den Artikel von seinem Laptop aus per E-Mail an den Verlag zu senden.

»Na, toll!«, rief er wütend, als er den Wegweiser mit der Aufschrift *Stoney Lane* sah.

Er zögerte – und fuhr dann mit hohem Tempo geradeaus in Richtung London weiter.

4

Zwei Wochen waren vergangen, in denen Samantha gewartet hatte.

Vergeblich. Michael Tomlinson war nicht wieder aufgetaucht.

Dabei hatte sie sich so sehr darauf gefreut. Jeden Tag hatte sie aufs Neue mit seinem Besuch gerechnet und dafür gesorgt, dass immer genügend Shortbread im Haus war. Irgendwann gab sie die Hoffnung auf, diesen vielbeschäftigten, ja, prominenten Mann jemals wieder zu treffen. Sie erklärte sich sein Verhalten damit, dass er wahrscheinlich häufiger vom Weg abkam und dadurch überraschende Aufwartungen bei jungen Frauen machte. Dass diese natürlich alle empfänglich waren für seinen ganz besonderen Charme, stand für Samantha außer Zweifel.

Dann wieder gab es Momente, in denen sie sich die Frage stellte, ob sie richtig gehandelt hatte. Ob sie Michael Tomlinson vielleicht besser hätte darüber aufklären sollen, wer sein potenzieller neuer Auftraggeber war. Und sie fragte sich natürlich, ob er diese Tatsache womöglich auf *Cardington Manor* erfahren hatte und deswegen seine Ankündigung nicht wahrgemacht hatte.

Doch sie kam jedes Mal zu dem Schluss, dass sie schließlich nicht hatte riskieren können, Charles von ihrem derzeitigen Wohnort unterrichten zu lassen. Keine ruhige Minute hätte sie mehr gehabt.

Und dabei hatte ihre Beziehung mit Charles doch einmal so romantisch begonnen: Samantha hatte damals noch bei ihren Eltern in der Nähe von Brighton gewohnt und mit ihnen zusammen dort eine Landwirtschaftsausstellung besucht. Ihre Mutter hatte ihren Schal auf dem weitläufigen Gelände verloren. Sie war geradezu entzückt darüber gewesen, dass ein wildfremder Gentleman sich persönlich darum bemüht hatte, diesen wiederzufinden.

Ein paar Mal waren die Whitfields am selben Nachmittag diesem freundlichen Herrn noch begegnet, wobei dieser auffallend oft den Blickkontakt mit Samantha gesucht hatte.

Und eben einzig dieser Gentleman hatte angehalten und war den Whitfields behilflich gewesen, als diese auf dem Heimweg eine Reifenpanne hatten.

Er schien gut zehn Jahre älter zu sein als Samantha und hatte sich als *Charles, Lord Cardington* vorgestellt.

Auch Samantha war von seiner ritterlichen Art sofort hingerissen gewesen. Er hatte sie um ihre Telefonnummer gebeten, um sich am nächsten Tag zu erkundigen, ob sie gut nach Hause gekommen waren.

Das war der Beginn ihrer Liebe gewesen. Sie konnten gut miteinander reden und Samantha fühlte sich in Charles' Gegenwart geborgen und beschützt.

Dann, ein paar Monate später, geschah das große Unglück: Mr und Mrs Whitfield kamen bei einem Autounfall ums Leben. Ein Wagen mit einem blutjungen Fahrer am Steuer war nach einem waghalsigen Überholmanöver mit deutlich überhöhter Geschwindigkeit frontal mit dem alten Rover der Whitfields zusammengestoßen.

Alle drei Unfallbeteiligten waren noch am Unfallort ihren Verletzungen erlegen, wie es nüchtern in einem Zeitungsbericht hieß.

Und wieder war es Charles gewesen, der Samantha, die sich wie betäubt um nichts hatte kümmern können, in allem beigestanden hatte. Die geliebten Eltern waren feierlich und würdig bestattet worden, Charles hatte alles veranlasst. Auch Samanthas anschließenden Umzug nach *Cardington Manor*.

Als sie ihren schweren Kummer endlich ein wenig überwunden hatte, waren die Hochzeitsvorbereitungen bereits in vollem Gange gewesen.

Eigentlich war Samantha damals alles viel zu schnell gegangen, doch sie war Charles so unendlich dankbar gewesen und hatte ihn nicht enttäuschen wollen.

Nach einer Märchenhochzeit und romantischen Flitterwochen auf den Malediven waren Lord und Lady Cardington dann vom Alltag überrascht worden. Bis dahin hatten sie miteinander nur Ausnahmesituationen erlebt. Normales Beziehungsleben hatte nicht zu ihren gemeinsamen Erfahrungen gehört.

Ernüchtert hatte Samantha damals feststellen müssen, dass sie sich wohl doch nicht so gut verstanden, wie es sich anfangs angefühlt hatte. Sie hatte sich daraufhin der stillen Hoffnung hingegeben, dass sie sich wahrscheinlich nur besser kennenlernen müssten. Es würde dann schon werden. Mit der Zeit.

Doch *mit der Zeit* hatte sich stattdessen etwas anderes eingestellt: Etwas Zersetzendes hatte sich in ihre Ehe geschlichen und ihre Bindung unmerklich von innen her ausgehöhlt.

Beide hatten sich schon immer Kinder gewünscht. Samantha hatte es aufgrund ihrer Jugend nicht eilig damit gehabt. Sie hatte erst einmal die Zweisamkeit mit Charles genießen und dabei fühlen wollen, was es überhaupt bedeutete, verheiratet zu sein.

Bei Charles jedoch hatten die Dinge von Anfang an anders gelegen. Er hatte nicht warten wollen, hatte möglichst viele Kinder gewollt und das möglichst schnell. Um dieses Ziel zu erreichen, hatte er unaufhörlich Druck auf Samantha ausgeübt. Mit dem einzigen Resultat, dass zwischen ihnen beiden bald gar nichts mehr funktioniert hatte.

Charles war darüber regelrecht in Panik geraten. Er hatte sich immer noch mehr hineingesteigert, mit jedem weiteren Tag, der seit ihrer Hochzeit – er nannte es: sozusagen ergebnislos – vergangen war.

Seine größte Sorge hatte der Meinung gegolten, die seine Familie, die Bediensteten und die Öffentlichkeit von ihm und seiner Manneskraft haben könnten. In seiner Besessenheit hatte er Samantha von einem Arzt zum anderen geschleppt, um ihre Gebärfähigkeit untersuchen zu lassen. Er hatte danach jedes Mal zu hören bekommen, dass seine Frau kerngesund wäre.

Bei allen Cardingtons – das war seit Generationen so – hatte spätestens ein Jahr nach der Heirat ein prächtiger Stammhalter in der erlauchten Wiege gelegen. Nur bei Charles hatte sich diese Tradition nicht fortgesetzt. Dabei hatte er doch extra eine ausgebildete Erzieherin geheiratet. Also eine Frau, der ein Umgang mit Kindern Freude machte und die ihnen den richtigen Schliff verpassen konnte. Schließlich sollten sich seine Nachkommen später in den entsprechenden Kreisen bewegen können. Und ausgerechnet diese maßgeschneiderte Frau hatte ihn nun öffentlich so gedemütigt.

Samantha war sich mit der Zeit vorgekommen, als wäre sie eine von Charles' erfolgversprechenden Zuchtstuten. Er hatte ihr längst das Gefühl vermittelt, nicht um ihrer selbst willen geliebt, sondern rein zu Fortpflanzungszwecken geheiratet worden zu sein.

Eines Abends hatte Samantha ihren Mann dann noch ziemlich betrunken im Herrensalon vorgefunden. Er war mit einem Whiskyglas in der Hand vor dem Kaminsims gestanden und war dabei, mit ihrem Portrait-Foto abzurechnen. Sie hatte mit angehört, wie er sehr hässliche Dinge über sie und ihre gemeinsame Ehe gesagt hatte.

Samantha war zunächst schockiert gewesen, doch nach kurzer Zeit auch froh darüber, dass sich auf diese Weise wenigstens die Wahrheit offenbart hatte.

Seit diesem Augenblick war Charles als Ehemann für sie gestorben. Als einziger Ausweg war ihr danach die Trennung geblieben.

Charles sah das bis heute anders. Großmütig gewährte er Samantha noch immer diesen *Spleen*, wie er es nannte. Er konnte ihre Entscheidung einfach nicht ernst nehmen, denn schließlich verließ man keinen Cardington. Es war ihm geradezu unvorstellbar, dass sie es vorziehen sollte, ihr Leben ohne ihn zu verbringen. Sogar für ihren Lebensunterhalt wollte sie künftig selbst sorgen, indem sie wieder als Kinderpflegerin arbeitete. Für ihn war die Wiederaufnahme der Ehe nur eine Frage der Zeit. Schließlich war sie seine Frau.

Er jedenfalls war dazu bereit, es wieder mit ihr zu versuchen, sobald sie zu ihm zurückkehren würde. Dass sie das irgendwann tun würde, stand außer Zweifel.

Und der ersehnte Kindersegen würde sich dann natürlich auch einstellen. Ganz von selbst.

Während einsamer Abende im Kaminzimmer, mit seinem besten Freund *Single Malt* an der Seite, sah er diese Dinge jedoch nicht immer so souverän und abgeklärt.

Michael Tomlinson hatte es geschafft, seinen Artikel rechtzeitig an die Redaktion zu schicken. Dadurch konnte die August-Ausgabe von *The Beauty of Nature* pünktlich im Handel erscheinen.

Die erhofften Verkaufszahlen ließen nicht lang auf sich warten. Die Folgen waren: weitere angekündigte Beiträge für jeden Monat des Jahres.

Außerdem eine noch engere Zusammenarbeit mit dem Chefredakteur und Peter Ryan, dem Herausgeber.

Und schließlich eine nicht enden wollende Flut von Aufträgen aus ganz England zu Garten- und Parkgestaltungen jeder Größe und jeden Budgets.

Die an Michael persönlich gerichteten Leserbriefe kamen waschkörbeweise. Sie wurden von einer Verlagspraktikantin grob nach Themen sortiert und von einem Gartenredakteur schematisch beantwortet, weil Michael einfach die Zeit dazu fehlte.

Der Alltag hatte ihn mit aller Wucht eingeholt. Alles war eingetroffen, was er sich seit Langem gewünscht hatte. Dieser überwältigende Erfolg freute ihn sehr, schließlich hatte er wirklich hart dafür gearbeitet.

In der darauffolgenden Zeit hatte Samantha das Gefühl, eine dunkle Wolke hinge über ihr. Sie war tieftraurig, wusste aber nicht weshalb. Hatte sie vielleicht eine Depression? Eigentlich gab es in ihrem Leben überhaupt nichts mehr, das ihr Freude bereitete.

Erst im Laufe einiger Tage bemerkte sie, dass es ihr immer dann besonders schlecht ging, wenn sie an Michael Tomlinson dachte: wie er plötzlich vor ihr gestanden hatte, als wäre er vom Himmel gefallen. Diese selbstverständlich anmutende Harmonie, als er bei ihr zu Hause gewesen war. Und dann der überraschend schmerzliche Moment, als sie ihn hatte wieder wegfahren sehen.

Diese schrecklich öde Zeit, solange sie mit seinem Besuch gerechnet hatte. Jeden Abend war sie in ein tiefes Loch aus Enttäuschung gefallen, weil Michael Tomlinson wieder nicht gekommen war.

Das war alles andere als schmeichelhaft für sie gewesen, aber dass die Erinnerung daran sie noch immer zum Seufzen brachte, ließ nur eine Schlussfolgerung zu:

Liebeskummer!

Ausgerechnet wegen eines Mannes, mit dem sie sich ein paar Wochen zuvor nur ein einziges Mal länger unterhalten hatte, und das nicht einmal besonders tiefgründig.

Ja, es gab zwischen ihnen ein paar Übereinstimmungen, aber eigentlich war es in den Gesprächen nur um seine Arbeit gegangen.

Indem sie sich diesen Sachverhalt immer und immer wieder vor Augen führte, versuchte sie sich zur Vernunft zu bringen. So war ihr Herzschmerz zwar nicht geheilt, aber wenigstens mit Kopfargumenten zur Seite gedrückt.

Ein paar Tage später gelangte Samantha sogar zu der Erkenntnis, dass sie ihrem Schicksal für die Begegnung mit Michael Tomlinson eigentlich dankbar sein müsste. Denn – so traurig sie anfangs auch war – ein Gutes hatte die Sache doch: Sie hatte den Glauben an ein neues Glück eigentlich längst aufgegeben gehabt, doch jetzt begann sie, langsam wieder Hoffnung zu schöpfen. Durch diese Zufallsbekanntschaft hatte sie erlebt, wie unerwartet es passieren kann, dass man jemanden kennenlernt und sich neu verliebt. Sogar in dieser gottverlassenen Gegend, in der sie lebte.

Als Samantha an einem zunächst freundlichen Tag zu einem Einkaufsbummel in die Stadt gefahren war, wurde sie von einem heftigen Sommergewitter überrascht.

Um nicht völlig durchzuweichen, flüchtete sie in das nächstgelegene Geschäft, eine Buchhandlung. Da sie dort nicht den Eindruck erwecken wollte, sich nur untergestellt zu haben, musterte sie aufmerksam die Regale.

In einem Zeitungsständer neben der Ladentheke suchte sie dann wie gewohnt nach der neuesten Ausgabe von *The Beauty of Nature*. Ein Bild von Michael Tomlinson war auf dem Titel abgebildet, daneben die Ankündigung seines Artikels.

Es versetzte ihr einen Stich, ihn auf diese Weise so plötzlich wiederzusehen.

Er blickte sie mit seinem schelmischen Lächeln an. Wie ein großer Junge, der genau wusste, was er wollte, und nur das tat, was ihm Spaß machte.

Gedankenverloren streichelte sie ihm mit den Fingerspitzen über die Wange.

Sie konnte seine Gegenwart noch immer spüren. Ihr war, als würde sie diesen Mann bereits seit ewigen Zeiten kennen. Als würde er zu ihr gehören, ja, schon immer zu ihr gehört haben. Wie ein Blitz war er in ihr Leben gekommen und hatte es ebenso schnell wieder verlassen.

»Wofür so ein Gewitter gut sein kann«, dachte sie und sah, dass dieses schon fast wieder vorbeigezogen war. Wie ferngesteuert griff sie nach dem Heft und bezahlte.

Wieder zu Hause versteckte sie es, ohne hineingesehen zu haben, wie einen Schatz in einem Stapel von Zeitschriften und Katalogen.

Und wieder hatte Michael Tomlinson Samantha aus dem Gleichgewicht gebracht. Dies war eine der Situationen, in denen Samantha ihre beste Freundin Susan unendlich vermisste und so gerne mit ihr geredet hätte.

Susan hatte sich knapp sechs Jahre zuvor bei einer Reise nach Neuseeland in einen Schaffarmer verliebt. Nach einer kurzen Rückkehr in die Heimat – ausschließlich, um ihre Angelegenheiten zu regeln – war sie wieder ans andere Ende der Welt geflogen und hat ihren *Mr Right* geheiratet.

Inzwischen lebte sie, fernab jeder Großstadt, mit Ehemann, vier Kindern, sechs Hunden und rund 500 Schafen in einer atemberaubenden Landschaft.

Mit der Zeit waren sie sich einfach fremd geworden. Jede von ihnen lebte in ihrer eigenen Welt.

So beschloss Samantha, ihrem seit Jahren schwelenden Gefühlschaos endlich auf den Grund zu gehen. Es war ein regnerischer, kühler Nachmittag im Juli, gerade richtig, um ein wenig Nabelschau zu betreiben.

Sie kochte sich eine Kanne weißen Tees mit Rosenblüten und machte es sich auf dem Sofa gemütlich.

Die Terrassentür war weit geöffnet und der Duft des Sommerregens strömte zusammen mit einem leichten Lüftchen ins Haus.

Das Prasseln der Tropfen auf dem Steinboden der Terrasse untermalte ihre Gedanken mit einem monotonen, fast schon meditativ anmutenden Rhythmus.

Samantha dachte über sich und ihr bisheriges Leben nach und mit welchen Hypotheken sie es zu leben begonnen hatte.

Ihre Eltern hatten sie geliebt, keine Frage! Sie gaben ihr alles mit auf den Weg, was sie ihr geben konnten, ihre eigenen Wertvorstellungen von Anstand und Benehmen.

Sei immer für andere Menschen da!
Denke an dich selbst stets zuletzt!
Sei bescheiden und stecke immer brav zurück!

Sehr weit hatten Samantha diese Unterwürfigkeits-Gebote nicht gebracht, das musste sie zugeben, je länger sie darüber nachdachte.

Ihre vielversprechende Ehe war inzwischen gescheitert. Sie hatte weder einen Job, noch ein eigenes Einkommen, sondern lebte von ihren Ersparnissen, deren Ende auch bereits in Sicht war.

Nach der Trennung hatte sie inoffiziell ihren Mädchennamen wieder angenommen.

Als *Lady Cardington* hatte sie sich ohnehin schon lange nicht mehr gefühlt.

Vom Erbe ihrer Eltern hatte sie dieses Häuschen gekauft. Der Standort war abgelegen genug, um sich vor Charles verstecken zu können. Die hügelige Umgebung gefiel ihr außerdem sehr und niemand konnte sie mit der Gegend in Verbindung bringen.

Zurückgezogen auf diesem einsamen Hügel hatte sie dann erwartet, gemächlich mit sich selbst *ins Reine* zu kommen.

Ob ihr das inzwischen gelungen war, wusste sie nicht. Sie hatte sich schon manches Mal gefragt, wie es sich wohl anfühlen mochte, wenn man mit sich selbst *im Reinen* war.

Wahrscheinlich konnte ihr diese Frage niemand beantworten.

In Momenten voller Selbstironie hatte sie sich vorgestellt, sie würde sich mit ihrem Anliegen an eine Frauenzeitschrift wenden, die sich unter der Rubrik *Fragen Sie Frau Barbara!* für kompetent in allen Lebenslagen hielt. Samantha wusste genau, wie die dann unabdingbare Antwort ausfallen würde: *Das ist sehr schwer zu sagen, doch eines kann ich Ihnen versichern: Wenn Sie mit sich im Reinen sind, dann werden Sie es wissen!*

Frau Barbaras Hilfe würde sie also nicht wirklich weiterbringen.

Da die wohlgemeinten Leitsätze ihrer Eltern sich also als falsch herausgestellt hatten, galt es nun, einen anderen Weg einzuschlagen. Offenbar brachte es ihr kein Glück, das Wohl ihrer Mitmenschen in den eigenen Lebensvordergrund zu stellen. Es wäre einen Versuch wert, sich nun für ihr eigenes Wohlergehen zu entscheiden.

Allein der Gedanke daran fiel ihr nicht leicht.

Trotz anderer Möglichkeiten hatte sie sich damals sogar noch einen Beruf ausgewählt, der den Lebensvorstellungen ihrer Eltern sehr nahegekommen war: Sie hatte sich zur Kinderpflegerin ausbilden lassen. In diesem Beruf konnte sie weiterhin ein braves Kind sein.

Die Menschen in Samanthas Umfeld hatten bis heute ungemein von diesen Maximen der Familie profitiert. Sie waren unter ihrer aufopfernden Fürsorge allesamt prächtig gediehen.

Dass Samantha selbst dabei leer ausgegangen war, hatte niemand bemerkt, auch sie selbst nicht. Sie hatte diesen Zustand für normal gehalten.

So hatte sie also für die anderen gesorgt.

Für ihr eigenes Wohlergehen hatte sich niemand zuständig gefühlt. Nicht einmal sie selbst.

Irgendetwas stimmte bei ihren zwischenmenschlichen Beziehungen also nicht und so konnte und durfte es auch nicht weitergehen. Es war höchste Zeit, ihr anerzogenes Verhalten infrage zu stellen.

Samantha lief nun im Wohnzimmer umher wie ein Tiger im Käfig.

Ihr war soeben schlagartig klar geworden, dass es mit keinem Mann dieser Welt jemals dauerhaft anders werden könnte als mit Charles.

Weil sie sich stets selbst im Gepäck hatte!

Sie war nun bereit dazu, ihre Hypotheken abzuwerfen – die hatten ihr wahrlich nicht viel Gutes eingebracht.

Für Samantha fühlten sich diese neuen Erkenntnisse an, als hätte jemand im Himmel ein Fenster geöffnet und ihr eine goldene Strickleiter zugeworfen.

An ihrem Beruf konnte sie auf die Schnelle zwar nichts ändern, aber sie konnte das Erlernte wenigstens zum Geldverdienen nützen, um unabhängig zu sein. Die Richtung stimmte!

Von Samantha ganz und gar unbemerkt, hatte es aufgehört zu regnen. Die grüne hügelige Landschaft, die ihr Häuschen umgab, erstrahlte längst wieder in sommerlichem Glanz, als wäre nie auch nur ein einziger Tropfen gefallen. Ebenso unmerklich hatte sich der feine Tee mit den Rosenblütenblättern in eine trübe Brühe verwandelt, da sie vollkommen vergessen hatte zu trinken.

Sehr spät an diesem herrlichen Sommerabend konnte Samantha Bilanz ziehen. Sie saß im Kerzenschein auf der Terrasse. Auf einem Blatt Papier schrieb sie auf, was sie in diesem vergangenen Jahr, seit der Trennung von Charles erreicht hatte:

1. Bin in meinem kleinen Haus wirklich zur Ruhe gekommen, so wie ich es mir gewünscht hatte. Und endlich nehme ich mir jetzt die Zeit für mich, die ich so dringend brauche.

2. Künftig bleibe ich mir selbst treu und schenke meinen eigenen Empfindungen und Bedürfnissen mehr Achtung. Ich tu nur noch das, was ich wirklich will und was sich für mich gut anfühlt. Das ist ein Versprechen an mich selbst!

3. Habe jetzt erkannt, worin MEIN Anteil am Scheitern unserer Ehe bestand, nämlich:

- Ich habe mich viel zu sehr vereinnahmen lassen.

- Auf Charles' Wünsche habe ich geradezu überreagiert und dabei völlig vergessen, dass auch ich Wünsche habe.

4. Das wird mir nie wieder passieren!

5. Ich werde ganz sicher nie mehr zu Charles zurückkehren.

Ob sie durch diese Einsichten nun mit sich im Reinen war, wusste sie zwar noch immer nicht, aber es fühlte sich verdammt gut an!

Durch die Begegnung mit Michael Tomlinson hatte Samantha zudem herausgefunden, dass sie noch lieben konnte. Die Vorstellung, sich wieder auf eine Beziehung einzulassen, gefiel ihr mit jedem Tag besser.

Nach dieser wunderbaren Erkenntnis wollte sie vorbereitet sein, wenn das Glück das nächste Mal an ihre Türe klopfte. Deshalb fasste sie den Entschluss, sich endlich von Charles scheiden zu lassen, um frei zu sein.

Demnächst würde sie ihn um ein klärendes Gespräch bitten. Dass dies kein leichtes Unterfangen werden würde, wusste sie. Aus diesem Grund hatte sie diese Entscheidung schließlich so lange hinausgezögert, bis sie die absolute Notwendigkeit dafür erkannt hatte.

Bislang hatte sie kein Problem damit gehabt, den Schwebezustand einer Ehe auf dem Papier auszuhalten. An eine Scheidung hatte sie überhaupt erst denken wollen, wenn sich Charles' Emotionen beruhigt hätten. Aber bis zum jetzigen Zeitpunkt hatte es zu dieser Annahme keine Veranlassung gegeben.

In ihren Gedanken sprach sie immer wieder mit Charles. Sie spielte das Gespräch in den verschiedenen Varianten durch, wie es ihrer Erfahrung nach ablaufen könnte. Für jedes seiner möglichen Argumente legte sie sich ein schlagfertiges Gegenargument bereit.

Als ihr schließlich kein Einwand mehr einfiel, dem sie hätte begegnen müssen, war sie sehr mit sich zufrieden, als hätte sie die Schlacht bereits gewonnen.

5

Für Samantha begann die Arbeit im städtischen Kinderheim von Lamberhurst. Das Städtchen lag eine gute halbe Stunde Fahrt mit dem Auto entfernt.

Nach gründlichen Überlegungen hatte sie den Entschluss gefasst, sich finanziell auf eigene Beine zu stellen.

Das Erbe ihrer Eltern war inzwischen fast aufgebraucht. Samantha wollte es nicht darauf ankommen lassen, Charles um Hilfe bitten zu müssen, falls ihre Ersparnisse für eine Anschaffung nicht ausreichen würden.

Bei einer solchen Gelegenheit würde er es nicht lassen können, sie daran zu erinnern, wie vorteilhaft das Leben an seiner Seite doch wäre. Und dass es ihm jederzeit ein Leichtes wäre, ihr die Zuwendungen zu verweigern.

Mit solchen Machtspielen, in denen ihr die Opferrolle zufiel, sollte nun Schluss sein.

Samantha hatte sich als Einzige um die Stelle als Erzieherin und Kinderpflegerin beworben.

Das Waisenhaus *St. Mary* war ein etwas heruntergekommener roter Backsteinbau mit ehemals weißen Fenstern und Türen, die wohl früher einmal freundlich und einladend nach draußen geblickt hatten.

Samantha öffnete die schwere gläserne Eingangstür. Im selben Moment drang ihr der vertraute Geruch von Desinfektionsmitteln und Bohnerwachs in die Nase, durchzogen mit Duftfäden von Hagebuttentee und Gemüsesuppe. Sie nahm einen tiefen Atemzug und wusste plötzlich ganz sicher, dass sie das Richtige tat.

In Bruchteilen von Sekunden kamen ihr Erinnerungen aus der Zeit ihrer Ausbildung in den Sinn. Bilder, die sie schon beinahe vergessen hatte: Kinder, die mit ausgestreckten Ärmchen lachend auf sie zu gerannt kamen. Klebrige Händchen, die sich vertrauend in ihre kühlen, trockenen Hände schoben. Rosige, pausbäckige Gesichter, die bittere Tränen an ihrem weißen Kittel abwischten, mit den Worten: »Tante Sammy, ich bin so traurig, weil ...«

Ein energisches Zupfen an ihrem Kleid holte sie in die Gegenwart zurück.

Neben ihr stand ein kleiner, blasser Junge mit rotem, sauber gescheiteltem Haar. Als sie ihn endlich wahrnahm, strahlte er über das ganze sommersprossige Gesicht und gab den Blick auf eine breite Zahnlücke frei.

»Bist du Schwester Samantha?«, wollte er wissen.

»Ja«, gab sie zurück, erstaunt darüber, bereits erwartet zu werden.

»Und mit wem habe ich die Ehre?«

»Ich bin Frank. Frank Sloane. Ich bin letzte Woche sieben geworden und werde bald acht!«, kam stolz als Antwort.

»Sehr erfreut, Frank!«

Sie gaben sich die Hand.

»Ich habe mich schon gefragt, welches Kind von *St. Mary* ich wohl als Erstes kennenlernen würde.«

»Warum? Ist das denn wichtig?«

»Oh, *wichtig* ist gar kein Ausdruck!«, antwortete sie leise und lächelte ihn liebevoll an.

Sie setzte sich auf die lange, niedrige Holzbank, die vor einem der Fenster stand, und zog Frank neben sich.

Ihre Stimme klang geheimnisvoll, als sie ihm ins Ohr flüsterte: »Meine Lehrerin hat mir das damals erzählt, als ich vor vielen Jahren auf der Erzieherinnenschule war. Sie sagte, dass das Kind, dem man als Erstes begegnet, wenn man eine neue Stellung antritt, einem höchstwahrscheinlich ein guter Freund sein wird.«

Franks Mund und Augen standen eine Weile offen, dann rief er: »Ist das auch wirklich wahr?«

Samantha nickte.

»Das muss ich gleich den anderen erzählen! Weißt du, ich wollte schon immer der gute Freund von jemandem sein!«

Sofort rannte er zur Tür, die offenbar zum Aufenthaltsort der anderen Kinder führte, doch Samantha hielt ihn zurück.

»Ich denke, wir beide behalten das besser für uns, damit keiner deiner Freunde neidisch wird, weil wir beide schon ein Geheimnis miteinander haben, nicht wahr?«

Frank nickte ernst und nachdenklich, doch dann erhellte sich sein kleines Gesicht wieder.

»Das heißt, wir haben jetzt ein Geheimnis! Ein richtiges Geheimnis!«, rief er triumphierend und begann umher zu hüpfen.

»Ja, das haben wir«, erwiderte Samantha lachend, »und nun sei bitte so freundlich und zeige mir, wo ich Mrs Gilchrist finde.«

Frank nahm Samantha bei der Hand und führte sie den Korridor entlang und ein paar Treppen hinauf bis in den zweiten Stock. Als er vor einer Türe mit der Aufschrift *Oberschwester / Heimleitung* stehen blieb, fragte er: »Könnten wir uns dann wenigstens manchmal heimlich zuzwinkern? So als geheimes Zeichen für unser Geheimnis.«

»Aber sicher, das können wir«, sagte Samantha und kniff zur Bestätigung sogleich ein Auge zu.

Frank zwinkerte überglücklich zurück und machte sich vergnügt hopsend davon.

Oberschwester Roberta Gilchrist war eine ältere, leicht rundliche Frau mit einem grauen Haarknoten. Die hellblaue Schwesterntracht stand ihr hervorragend zu ihren rosigen Wangen und den wachen, blauen Augen, die stets ein wenig sorgenvoll dreinblickten.

Oberschwester Roberta war eine sehr erfahrene Heimleiterin. Ihre über drei Jahrzehnte währende Arbeit im städtischen Kinderheim und Waisenhaus von Lamberhurst hatte ihre Menschenkenntnis geschult. Schon oft hatte sie Recht behalten, als sie Adoptionsanwärter als unfähig eingeschätzt hatte. Trotzdem musste sie solchen Leuten Kinder übergeben, wenn diese im Besitz einer genehmigten Amtsurkunde waren. Nicht selten landeten die Kleinen nach kurzer Zeit wieder in Robertas Obhut.

Sie freute sich sehr über Samanthas Absicht, für die Ärmsten der Gesellschaft da zu sein. Und darüber, dass sie zudem noch eine freundliche Person mit liebevollem Blick und einer sehr angenehmen Erscheinung war.

Samantha äußerte ihre Bedenken darüber, dass sie ihren Beruf schon einige Jahre nicht mehr ausgeübt hatte. Deshalb hatte sie auch erst gezögert, sich um die Stelle zu bewerben.

Doch Mrs Gilchrist konnte sie beruhigen.

»Das Wichtigste, was diese armen Würmer – ich nenne sie so, weil niemand sie haben will – was diese armen Würmer brauchen, ist unsere Liebe und unsere Fürsorge. Auf welchem Stand Ihre Ausbildung ist, ist wirklich zweitrangig, liebe Mrs Whitfield. Schließlich haben Mütter auch keine spezielle Ausbildung und bekommen ihre Kinder dennoch und ziehen sie dann irgendwie groß. Also machen Sie sich darüber mal keine Gedanken!«

Die souveräne Zuversicht der Oberschwester tat Samantha wohl. Sie fühlte in diesem Moment, dass sich für sie nun alles zum Guten wenden würde. Die lange Phase ihrer Orientierungslosigkeit hatte jetzt endlich ein Ende gefunden.

Als Nächstes wurde Samantha in ihre neuen Aufgaben eingewiesen und bekam alle neunzehn Kinder vorgestellt. Einschließlich Frank, der ihr sogleich verschwörerisch zuzwinkerte.

Als Samantha spät am Nachmittag wieder zu Hause war, konnte sie kaum fassen, wie glücklich sich alles gefügt hatte. Sie würde wieder Kinder betreuen.

Das hatte sie schließlich gelernt und ausgeübt, bevor sie Charles begegnet war. Einen schöneren, wichtigeren Beruf hatte sie sich nie vorstellen können: für Kinder da zu sein, die sonst niemanden hatten und die niemand haben wollte. Dringender als irgendjemand sonst, den Samantha kannte, brauchten diese armen Geschöpfe Liebe und Fürsorge. Und sie war willens, ihnen dies zu geben und sie auf eine mögliche Adoption vorzubereiten.

Dies war selten genug der Fall. Die meisten kinderlosen Paare wollten ausschließlich Babys adoptieren, nicht Kinder mit jahrelanger, zum Teil harter Vergangenheit in Verwahrlosung und Misshandlung. Diesen Übriggebliebenen der Gesellschaft verhalf das Kinderheim *St. Mary* zu einer Schul- und Berufsausbildung, um sie in die Lage zu versetzen, später auf eigenen Beinen zu stehen.

Der nächste Tag war bereits ihr erster Arbeitstag.

Samanthas Wecker läutete schon um 5.30 Uhr. Sie konnte sich nicht erinnern, wann sie zuletzt so früh aufgestanden war. Das war auf jeden Fall, bevor sie Charles geheiratet hatte.

Ihr Dienst begann um 6.30 Uhr. So hatte sie jetzt genügend Zeit, um zu duschen und in Ruhe einen starken Kaffee zu trinken.

Für die Fahrt zum *St. Mary* benötigte man um diese Uhrzeit nur knapp dreißig Minuten.

Als Samantha dort ankam, war das Haus noch ganz still und dunkel. Mrs Gilchrist begrüßte sie herzlich und machte sie gleich mit ihren Aufgaben vertraut.

»Ich hoffe, es ist Ihnen recht, dass wir uns hier alle mit Vornamen ansprechen. Ich bin Roberta.«

Zunächst mussten die Schulkinder geweckt, mit Frühstück versorgt und mit Pausenbroten versehen in den Schulbus gesetzt werden. Frank war unter ihnen und mächtig stolz, als Samantha und er zum Abschied ihr geheimes Zeichen austauschten.

Mit den Kleinkindern, die noch nicht so selbstständig waren, ging es nicht so schnell. Sie half ihnen beim Waschen, Kämmen und Anziehen, während ihnen Oberschwester Roberta das Frühstück bereitete.

Danach wurden die Säuglinge frisch gewindelt und mit Milchfläschchen gefüttert. Kurze Zeit später lagen die Babys wieder zufrieden in ihren Bettchen.

Im Speisesaal saß inzwischen eine kleine, fröhlich schwatzende Schar bei Kakao, Haferbrei und Honigbroten an einem langen Tisch.

Etwas abseits davon stärkten sich eine gut gelaunte Oberschwester Roberta und eine etwas abgekämpfte Schwester Samantha, mit dem befriedigenden Gefühl, die erste Hürde des Tages erfolgreich gemeistert zu haben.

»Und das alles haben Sie fast immer alleine gemacht?«, fragte Samantha fassungslos.

»Ahnen Sie, wie froh ich bin, dass Sie mir nun dabei helfen?«, fragte die lachende Roberta zurück.

»Dass Sie hier sind, bedeutet für mich, dass ich bis 5.30 Uhr schlafen darf, statt bisher um 5 Uhr aufzustehen, um unzählige Frühstücksbrote zu schmieren und Tische zu decken. Solche Arbeiten sind heutzutage nicht mehr

attraktiv. Die meisten, die hier angefangen haben, haben
es nicht lange ausgehalten.«

In der Zwischenzeit war Cynthia gekommen, die Wäscherin vom *St. Mary*, eine hagere, unscheinbare Person mit
viel Humor.

Cynthia ging hinunter in die Waschküche, wo über ein
Schachtsystem die gesamte Schmutzwäsche aus allen
Korridoren gesammelt wurde.

»Spaghetti mit Tomatensoße!«, rief sie lachend aus, als
ihr Blick den Wäscheberg streifte. Sie bestückte damit
eine überdimensionierte Waschmaschine, die das Herz
jeder Hausfrau hätte höher schlagen lassen. Dann machte
sie sich daran, die Wäsche des Vortages von der Leine zu
nehmen, zu bügeln und zu falten.

Inzwischen schüttelte Samantha, wie es ihr vorkam, unzählige Bettdecken auf und legte auf jedes kleine Kopfkissen das Schmusetier des jeweiligen Besitzers.

Die Schwingtüre des Schlafsaals wurde aufgestoßen
und herein kam eine fröhliche junge Frau. Ihre rotgefärbte
Haarpracht glich auffallend dem Wischmopp, den sie zusammen mit einem Wassereimer bei sich trug.

»Hi, ich bin Janet«, trällerte sie kaugummikauend und
stellte ihre Utensilien ab, um Samantha die Hand zu reichen.

»Und ich bin Samantha. Guten Morgen, Janet!«

»Es freut mich sehr, dass die arme Roberta jetzt endlich Verstärkung bekommen hat. Ich habe mir schon oft
gedacht, dass sie womöglich noch zusammenbrechen
wird, wenn sich nicht bald jemand findet, der ihr hilft.«

»Den Eindruck macht sie auf mich aber nicht. Sie
schafft das doch alles ziemlich souverän, soweit ich erkennen konnte.«

»Ja, diesen Eindruck macht sie auf jeden, aber ...«

Janet sprach nun deutlich leiser weiter und winkte Samantha zu sich heran.

»Sie hat ein Problem mit dem Herzen. Aber sagen Sie ihr um Gottes Willen nicht, dass Sie das von mir haben!«

»Sie können sich auf meine Verschwiegenheit verlassen, Janet. Aber ich denke, es ist gut, dass ich das weiß.«

Janet kam noch etwas näher heran und sprach jetzt noch leiser: »Dr. Slater, das ist der Arzt, der jede Woche hier vorbeikommt und die Kinder untersucht, meinte kürzlich, wenn sie nicht aufpasst und kürzertritt, stehen die armen Würmchen bald ganz alleine da und werden auf andere Waisenhäuser verteilt. Das habe ich rein zufällig mit angehört, weil ich gerade den Flur vor Robertas Zimmer geputzt hatte, als der Doktor schon die Tür aufgemacht hatte und gehen wollte.«

»So schlimm steht es um die Oberschwester?«

Samantha war ehrlich erschrocken.

»Ihr Herz ist zu groß für ihren Brustkorb«, flüsterte Janet jetzt eindringlich, »und das darf man ruhig wörtlich nehmen, verstehen Sie?«

Samanthas Blick konnte sie entnehmen, dass diese sie keineswegs verstanden hatte, also fuhr sie fort: »Sie hat einfach ein zu großes Herz! Sie nimmt sich das Schicksal jedes dieser armen Kinder zu sehr zu Herzen, als hätte sie jedes einzelne selbst zur Welt gebracht und müsse sich nun dafür verantworten. Verstehen Sie jetzt?«

Samantha nickte nachdenklich, als die Tür erneut mit einem Schwung geöffnet wurde und Roberta Gilchrist vor ihnen stand.

»Oh, Samantha, wie ich sehe, haben Sie unsere gute Janet bereits kennengelernt«, und als diese bejahte, sagte Janet artig und wieder mit normaler Lautstärke: »Wenn Sie dann mit den Bettchen fertig sind, Samantha, könnte ich jetzt anfangen, durchzuwischen.«

Die Oberschwester sah sich zufrieden die liebevoll gemachten Betten an und sagte zu Samantha: »Ich dachte mir, Sie würden bestimmt gerne dabei sein, wenn das Essen kommt.«

Sie gingen hinunter und Janet konnte loslegen.

Das Mittagessen, das in der Großküche des städtischen Krankenhauses zubereitet wurde, sowie mehrere Brotlaibe und Obststeigen wurden jeden Vormittag in einem Lieferwagen gebracht. Der Fahrer trug die riesigen, dicht verschlossenen Edelstahltöpfe durch eine Seitentür in die Küche hinein, wo Roberta bereits die Wasserbadbehälter aufgeheizt hatte.

»Wenigstens das müssen wir nicht selbst machen«, sagte sie und hob den Deckel eines Topfes.

Er war mit gekochtem Gemüse gefüllt, dessen Dampf sich sogleich in der ganzen Küche ausbreitete.

Als es Zeit war zum Mittagessen, war der Duft von Karotten, Fenchel und Kartoffelbrei bereits in jede Ritze des Hauses gekrochen. Die Kleinen warteten schon ungeduldig auf ihre Mahlzeit, ein paar von ihnen bereits mit den ersten Anzeichen von Müdigkeit.

Nachdem sie das Tischgebet gesprochen hatten und jeder endlich sein Tellerchen gefüllt vor sich stehen hatte, trat für einen sehr kurzen Augenblick Ruhe in den Speisesaal. Nur noch das Klappern und Kratzen von Löffeln auf Plastiktellern war zu hören.

Samantha hörte Roberta neben sich aufatmen, als hätte sie den ganzen Vormittag nur auf diesen Moment der Stille gewartet.

Aber auch sie selbst empfand die Befriedigung des Augenblicks und fühlte zum ersten Mal an diesem Tag so etwas wie Entspannung.

Zum Nachtisch gab es Pflaumenkompott, was bei den meisten Kindern nicht allzu große Begeisterung hervorrief. Wenn Samantha den dramatischen Schilderungen eines Fünfjährigen namens Jack glauben durfte, gab es dies offenbar beinahe täglich.

Sie verbarg ein Grinsen und wandte sich leise zu Roberta: »Immer das Gleiche! Da, wo ich mein Praktikum gemacht habe, konnten die Kinder irgendwann kein Apfelmus mehr sehen.«

Als Samantha sich gegen 20 Uhr von Roberta verabschiedete, war sie völlig erschöpft, aber sehr glücklich.

Auf der Autofahrt nach Hause hatte sie dann sogar Mühe, ihre Augen offen zu halten.

Wieder daheim auf ihrem Sofa wurde Samantha ein wenig traurig. Zu gerne hätte sie jemandem von ihrem ersten Arbeitstag im *St. Mary* vorgeschwärmt.

Dies war wieder einer der Momente, in denen Samantha ihre Freundin Susan unendlich vermisste und ihr so gerne alles erzählt hätte. Aber es war unmöglich, jetzt in Neuseeland anzurufen.

Von der Zeitverschiebung einmal abgesehen, einmal im Jahr – meistens zu Weihnachten – Kontakt zu haben, genügte einfach nicht, um eine Freundschaft aufrechtzuerhalten.

Eigentlich wusste Samantha kaum mehr etwas von Susan, von dem, was in ihr drin vorging.

Und auch sie selbst konnte sich in den kurzen Telefonaten nicht wirklich öffnen. Sie wollte die Mutter von vier Kleinkindern dann nicht auch noch mit ihren persönlichen Problemen belasten.

Samantha fühlte in diesem Moment, wie einsam sie doch war. Wenn sie es recht überlegte, hatte sie niemanden mehr.

Nach dem Tod ihrer Eltern hatte sich gezeigt, dass ihre Mutter es gewesen war, die Beziehungen zu Angehörigen gepflegt hatte. Familientreffen fanden schon lange nicht mehr statt. Und Verwandte, zu denen sich Samantha hingezogen gefühlt hätte, gab es keine.

Ihre Freundinnen waren schon immer handverlesen gewesen, aber nach dem Schulabschluss waren sie auch noch in alle Winde verstreut worden. Nur mit Susan hatte die Freundschaft immer gehalten.

Zu den Freunden und Bekannten, die während ihrer Ehe mit Charles auch die ihren geworden waren, musste Samantha den Kontakt abbrechen. Zu groß war das Risiko, dass diesen sicherlich netten Menschen Charles' Interessen näherstehen könnten.

Doch nach diesem ereignisreichen und gelungenen Tag wollte sich Samantha nicht länger ihrem Selbstmitleid hingeben.

Sie beschloss, ihren ersten Feierabend wirklich zu feiern – und zwar mit sich alleine.

Sie ließ ein heißes Bad ein und goss einen kräftigen Schuss Lavendelöl dazu. Der intensive Duft erfüllte schon bald das kleine Haus und hob Samanthas Stimmung.

Sämtliche Kerzen, die sie fand, zündete sie an und platzierte sie um die Wanne herum. Die flackernden Flammen gaben dem unscheinbaren Badezimmer eine geheimnisvoll sinnliche Atmosphäre.

Sie legte ihre Lieblings-CD ein: Oboen-Konzerte verschiedener Komponisten aus mehreren Jahrhunderten.

Dann goss sie sich Rotwein in ein Kelchglas, das sie am Wannenrand abstellte, und ließ sich ins Wasser gleiten. Was für eine Wohltat! Sie lag in einem duftenden, schmeichelnd warmen, ihre Haut verwöhnenden Ölbad und aus dem Wohnzimmer drangen himmlische Klänge zu ihr. Samantha konnte spüren, wie ihre strapazierten Füße sich langsam erholten.

Der schwere, trockene Wein bremste das Gedankenkarussell und sie dämmerte dahin in die süße Schwerelosigkeit.

Samantha kam erst wieder zu sich, als das Wasser kühler wurde und sie zu frösteln begann.

Mit dem wohltuenden Gefühl, nun ihr eigenes Geld zu verdienen, ging sie ins Bett und fiel sofort in einen tiefen Schlaf.

6

Noch immer musste Michael Tomlinson an Samantha Whitfield denken und diese inzwischen unwirklich anmutende Begegnung mit ihr. Eigentlich war für ihn seitdem kein einziger Tag vergangen, an dem er nicht an sie gedacht hatte.

Er musste sich eingestehen, dass er sich in seinem Leben selten so wohl gefühlt hatte in der Gegenwart eines anderen Menschen.

Aber sie kannten sich doch überhaupt nicht! Wie konnte das also sein?

Wenn er es nicht besser gewusst hätte, würde er sogar geglaubt haben, sie hätte ihn bei seinem Besuch verzaubert.

Michael dachte auch oft darüber nach, was passiert wäre, wenn er damals nicht nach London gefahren wäre, sondern direkt zu Samantha hin, wie er es beim Abschied angekündigt hatte.

Er fragte sich dann, ob sie sich wirklich darüber gefreut oder es vielleicht vergessen hätte, dass er auf dem Rückweg von *Cardington Manor* nochmal vorbeikommen hatte wollen.

Oder ob sie damals sogar auf ihn gewartet hatte und es ihm nun übel nahm, dass er sie versetzt hatte. Vielleicht hielt sie ihn ja jetzt für unzuverlässig.

Oder – was die schlimmste Vorstellung für ihn war – es gab vielleicht schon wieder einen Partner in Samanthas Leben und Michael war ihr deshalb egal.

Diese immer wiederkehrenden Gedanken drehten sich in seinem Kopf ergebnislos im Kreis, wie eine hängengebliebene Schallplatte. Er wusste nicht, was er tun sollte, um Klarheit in diese verworrene Angelegenheit zu bringen. Mit jedem weiteren Tag, der tatenlos vergangen war, fühlte sich die Situation für ihn verfahrener an und war es wohl auch.

Als er eines späten Abends den Auftrag eines Kunden suchte, hielt Michael plötzlich Samanthas skizzierte Landkarte in der Hand. Er faltete sie auseinander und las *Stoney Lane.*

Warum habe ich sie nur nicht nach ihrer Telefonnummer gefragt?

Die Antwort war bekannt und er hatte sie sich schon einige Male gegeben: Weil er sich sicher war, dass sie sich ohnehin ein paar Tage später sehen würden.

Michael schaltete seinen Rechner ein und durchsuchte das Internet nach der Nummer. Es gab nicht den geringsten Hinweis auf eine Samantha Whitfield unter dieser Anschrift. Und auch unter dem Namen *Cardington* gab es keinen Eintrag.

Aus lauter Frust hätte er am liebsten den Bildschirm an die Wand geworfen.

Er rief die Telefonauskunft an, weil er hoffte, dass der Anschluss vielleicht noch zu neu wäre, um im Internet zu erscheinen. Doch auch dort war eine Dame dieses Namens unbekannt.

Schließlich rief er nochmal dort an und erkundigte sich nach dem Telefonanschluss von *Stoney Lane Nr. 1.*

Nach einer endlos scheinenden halben Minute wurde ihm eine Rufnummer genannt, der Teilnehmer sei jedoch unbekannt.

Er kritzelte sie mitten auf seine Schreibtischunterlage und fühlte sich, als hätte er einen Schatz gefunden.

An einem sommerlich warmen Samstagmorgen fuhr Samantha nach Lamberhurst zu ihrem Postfach.

Henderson sandte ihr dorthin des Öfteren Briefe nach. So hielt sie auch an diesem Tag ein paar mehr oder weniger wichtige Sendungen in der Hand.

Flüchtig blätterte sie alles durch und dann erstarrte sie: Zwischen Reklameblättern lugte ein hellblauer Umschlag hervor, den das Wappen der Familie Cardington zierte. Die geschriebene Adresse erinnerte nur entfernt an Charles' Handschrift, doch es bestand kein Zweifel: Dieser Brief war von ihm. Es war sein Papier und nur er nutzte es. Diese Postfachadresse war alles, was er über ihren neuen Aufenthaltsort je erfahren hatte.

In dem Moment, als sie Charles' Energie spürte, fühlte Samantha, wie sich ihr Magen zusammenkrampfte. Trotz der sommerlichen Hitze schauderte sie wie in Eiseskälte.

Die erst kürzlich gewonnene Entschlossenheit, ihrem Noch-Ehemann mutig zu begegnen, war mit einem Mal zerschlagen.

Am liebsten hätte sie die Nachricht einfach ungelesen weggeworfen, aber dann riss sie das Kuvert doch auf, um es schnellstens hinter sich zu bringen.

Eine Geruchswolke aus Zigarrenrauch und Hochprozentigem stieg ihr in die Nase.

Einen Moment lang wandte sie sich angewidert ab und dann las sie, was er geschrieben hatte.

Charles' Schrift war auf merkwürdige Weise verzerrt.

Sie überflog seine Zeilen in der Hoffnung, dass sich bei ihm etwas getan hätte, das die Verständigung zwischen ihnen beiden hätte verbessern können.

Doch sie wurde enttäuscht. Es war vielmehr *ganz der alte Charles,* der ihr geschrieben hatte: In seiner selbstgerechten Art zählte er die Vorteile auf, die das Leben an seiner Seite für sie hatte. Er drohte ihr mit der Einstellung seiner Zahlungen, wenn sie nicht innerhalb der nächsten

Monate nach *Cardington Manor* zurückkehren würde. Und schließlich kündigte er sogar an, dass er einen Privatdetektiv damit beauftragen würde, ihren Aufenthaltsort herauszufinden – aus reiner Sorge, versteht sich! – wenn sie sich nicht endlich bei ihm melden würde zwecks Fortführung ihrer Ehe.

Die Quintessenz, die sie aus seinen Worten ziehen konnte, aber war: Es hatte sich nichts geändert. Rein gar nichts! Charles hatte sich die Trennungszeit offenbar nicht zu Herzen genommen und wohl auch nicht hinterfragt, was er zum Scheitern ihrer Beziehung beigetragen hatte. Charles stellte sich scheinbar vor, dass sie beide einfach wieder dort anknüpfen würden, wo sie ein knappes Jahr zuvor aufgehört hatten, eine Ehe zu führen. Und wie durch ein Wunder wären alle früheren Probleme beseitigt.

Für Samanthas Empfinden verhielt sich Charles wie ein verzogenes Kind. Nach ihrer Erfahrung war er unfähig dazu, sich selbst infrage zu stellen. Außerdem verfügte er über keinerlei Unrechtsbewusstsein, wenn er einmal zu weit gegangen war.

Dieser Brief raubte Samantha nun vollends die Illusion, dass Charles sie jemals freiwillig aufgeben würde.

Während der Rückfahrt kämpfte sie mit den Tränen. Überdies war sie wütend. Hätte sie diesen dominanten Mann doch niemals geheiratet!

Niedergeschlagen betrat sie ihr Haus und setzte sich auf den ersten Stuhl, der sich ihr anbot.

Sie war ratlos.

Der Cardington'sche Ehevertrag sah nämlich unter anderem vor, dass ihre Ehe erst dann geschieden werden konnte, wenn beide Partner sie für irreparabel gescheitert hielten. Was Charles betraf, würde das wohl niemals eintreten.

Während der nächsten Woche rief Michael Tomlinson mehrmals täglich die vermeintliche Telefonnummer an. Er versuchte es, wann immer er die Zeit dazu fand, erreichte Samantha Whitfield jedoch nie. Und auch sonst meldete sich niemand unter diesem Anschluss.

Schließlich kam er zu der Überzeugung, dass die Nummer falsch sein musste.

Diese Frau war auch nicht im Internet zu finden.

Nirgends.

Samantha Whitfield, die offiziell *Samantha Cardington, Lady Charles Cardington* hieß, lebte auf diesem Hügel, gerade so, als existierte sie überhaupt nicht.

»Ich könnte ihr auch einen Brief schreiben«, dachte er laut und verwarf den Gedanken im selben Moment wieder.

Das Verfassen von persönlichen Texten war nicht wirklich seine Stärke. Artikel für Fachzeitschriften gingen ihm zwar leicht von der Hand, doch so ein Brief würde länger dauern. Zumal er nicht einmal wusste, was er überhaupt schreiben sollte.

So lange konnte und wollte er nicht warten. Geduld war noch nie eine seiner herausstechenden Tugenden gewesen.

Es machte ihn außerdem wütend, dass es ihm nicht möglich sein sollte, Kontakt mit dieser Frau aufzunehmen.

Er musste einfach herausfinden, was an ihrer Begegnung dran war, was zwischen ihnen beiden Einbildung war und was nicht. Es blieb ihm keine andere Wahl.

Bei allernächster Gelegenheit wollte er noch einmal zu ihr hinfahren, ob sie nun einen neuen Partner hatte oder nicht. Das Schlimmste, was ihm dabei passieren konnte, war eine peinliche Situation, aus der er sich immerhin mit rein beruflichem Interesse würde herausreden können.

Am darauffolgenden Wochenende war es endlich soweit. Michael hatte deutlich weniger Termine als sonst und konnte diese dann noch verschieben.

Mit einem Gefühl von Freiheit setzte er sich am Samstagmorgen hinter das Steuer seines Wagens und fuhr los in Richtung Sandhurst.

Es war später Vormittag, als er vor dem kleinen Haus ankam. Er fühlte plötzlich seinen heftig pochenden Herzschlag und geriet nicht nur wegen der sommerlichen Hitze ins Schwitzen. Wie ein verliebter Einbrecher kam er sich vor, doch die Ernüchterung folgte rasch, als auf sein wiederholtes Klopfen hin niemand öffnete.

7

Die wunderbaren neuen Erkenntnisse, die Samantha aus ihrer einsamen Nabelschau hatte gewinnen können, waren wieder verschwunden, als hätte es sie nie gegeben. Seit genau dem Moment, in dem sie Charles' Brief in den Händen gehalten hatte.

Dass dieser Mann noch immer so eine Macht über sie hatte, löste in ihr Verzweiflung und eine tiefe Traurigkeit aus. Und dabei handelte es sich doch nur um ein Stück Papier! Charles hatte ihr nicht einmal persönlich gegenübergestanden.

Samantha hatte daraufhin nur noch den einen Wunsch, sich in ihrem Häuschen zu verkriechen. Und das tat sie auch. Wie eine Schnecke, die einen Schlag auf ihre empfindlichen Fühler bekommen hatte.

Samantha verließ ihr Zuhause bei Sonnenaufgang zur Arbeit, und wenn sie wieder heimkam, war es meistens wieder dämmerig.

Von diesem ausgesprochen zauberhaften Sommer bekam sie auf diese Weise so gut wie nichts mit. Aber das war ihr egal.

Es machte ihr seit diesem Brief auch nichts mehr aus, Überstunden zu machen.

Die Hauptsache für sie war, dass sie auf diese Weise von ihren Gedanken an Charles abgelenkt war.

Und dass sie keine Angst haben musste, er könne ihr auflauern – etwa im Waisenhaus.

Schwester Roberta wunderte sich ein wenig über Samanthas schier grenzenlose Dienstbereitschaft, besonders weil Samantha ihr verändert vorkam.

Aber sie begrüßte diese sehr willkommene Entlastung und fragte deshalb nicht weiter nach.

Samantha besuchte nicht einmal mehr den Wochenmarkt von Sandhurst.

Jeden Samstag hatte sie dort von den Bauern der Umgebung frisches Gemüse und Obst gekauft. Dieses Ritual hatte sie geliebt. Ein netter Plausch mit den Gemüsehändlern, ein paar freundliche Blicke und Grüße zwischen den Marktständen.

Da Samantha doch sehr zurückgezogen lebte, hatte sie dieses Minimum an gesellschaftlichem Miteinander stets sehr genossen. Meistens hatte sie sich dann noch einen hübschen bunten Strauß Wiesenblumen von dort mitgebracht, der die ganze Woche lang ihr Wohnzimmer geschmückt und sie an diese liebenswerten, unkomplizierten Menschen erinnert hatte.

Wenn ihre Lebensmittel jetzt aufgebraucht waren, fuhr sie in einen weiter entfernten Supermarkt, in dem niemand sie kannte. Sie parkte in der Tiefgarage und deckte sich dort – in aller Anonymität – mit Vorräten ein, als müsste sie für eine Hungersnot vorsorgen.

Samantha fühlte sich so schutzlos seit diesem vermaledeiten Brief. Sie hatte große Angst, dass Charles sie eines Tages doch noch aufspüren würde, wenn sie wieder ihren alten Gewohnheiten nachginge. Dass er in seiner unwiderstehlich liebenswürdigen Art diese arglosen Menschen von Sandhurst dazu bringen könnte, den Aufenthaltsort seiner Noch-Ehefrau preiszugeben, zweifelte sie keine Sekunde lang an.

Das ging nun schon seit ein paar Wochen so. Da Samantha seitdem nichts mehr von Charles gehört hatte und sich auch nicht beobachtet fühlte, wähnte sie sich langsam wieder sicherer in ihrer Umgebung.

Aber diese neuen Gewohnheiten machten auch sehr einsam. Wie sehr, merkte Samantha erst, als sie nach einem Großeinkauf vom Supermarkt heimkam.

Zum ersten Mal seit langer Zeit hatte sie sich von dort einen Blumenstrauß mitgebracht. Nichts Besonderes, nur einen kleinen Bund gelber Rosen. Er lag ganz oben auf der mit Lebensmitteln gefüllten Transportbox, die sie auf dem Küchentisch abgestellt hatte.

Samantha nahm den Strauß und führte sich die Blüten instinktiv unter die Nase, um daran zu riechen. Nach einem erwartungsvollen Atemzug war sie erstaunt: Diese Blumen dufteten nach nichts! Sie sahen auch alle gleich aus, wie aus der Retorte und waren mit einer durchsichtigen Kunststoff-Folie umhüllt, auf der ein Aufkleber prangte: *10 Stück zum Sonderpreis.*

Wie seelenlos und steril diese Rosen doch wirkten!

Wehmütig dachte Samantha an den von den Bauernkindern betreuten Blumenstand auf dem Dorfmarkt von Sandhurst. Die selbstgepflückten Sträuße dort waren mit Bastbändern umwickelt und in Zeitungspapier eingeschlagen.

Samantha hatte damals erfahren, dass die Kinder sich damit ihr Taschengeld aufbessern durften. Seitdem hatte sie sich jeden Samstag bemüht, einem anderen jungen Floristen gerecht zu werden, indem sie sich dort ihren wöchentlichen Blumenstrauß mitnahm.

Die kleinen lachenden, pausbäckigen Gesichter, die fröhlichen Gespräche, all das fehlte ihr in diesem Augenblick so schmerzlich, dass ihr Tränen in die Augen schossen.

Sie wunderte sich über sich selbst, da es sehr lange her war, dass sie zuletzt geweint hatte. Nicht einmal, als sie ihr geliebtes *Cardington Manor* verlassen hatte, in dem Wissen, dass sie diesen wunderschönen Landsitz womöglich niemals wiedersehen würde. Eigentlich hatte sie dort mit ihrem Ehemann glücklich werden wollen.

Und nun lösten diese harmlosen Erinnerungen an nette Plaudereien mit Menschen, die sie kaum kannte, sturzbachartige Tränengüsse aus, die sich durch nichts mehr aufhalten ließen.

Der Kummer der vergangenen Jahre, die begrabene Hoffnung, jemals eigene Kinder zu haben, der Schmerz über den Verlust ihrer Jungmädchenträume – all das drängte nun auf einmal aus ihr heraus und schüttelte sie heftig.

Samantha gab sich ihrer aufgestauten, tiefen Trauer nun endlich hin. Sie war mitten in ihrer Küche in sich zusammengesunken und konnte nur noch schluchzen, jenseits von Zeit und Raum.

Die Supermarktrosen auf dem Tisch ließen traurig die Köpfe hängen.

Samantha erschrak fürchterlich, als es plötzlich an ihrer Haustür klopfte.

Charles! Ganz bestimmt ist es Charles!

Sie war sich sicher. Wer sollte es auch sonst sein?

Vor allem: Wie hatte er sie bloß gefunden?

Vor Schreck versiegten ihre Tränen von einem Moment zum anderen. Eine eisige Panik stieg in ihr auf. Sie fühlte, wie sich im Bruchteil einer Sekunde alle Poren ihrer Haut öffneten. Adrenalin breitete sich in ihrem Körper aus. Samantha spürte die plötzliche Anspannung all ihrer Muskeln. Sie fühlte sich so ausgeliefert, als würde sie in einem dünnen Zelt sitzen, vor dem ein hungriges wildes Tier stand und brüllte.

Samantha rührte sich nicht. Sie wagte kaum zu atmen.

Es klopfte erneut und diesmal kam es ihr vor wie das laute, dumpfe Dröhnen einer riesigen Glocke.

Samantha schlang sich die Arme um den Kopf und vergrub diesen in ihrem Schoß. Mit kleinen Bewegungen rutschte sie unter den Küchentisch, bis sie sicher war, dass Charles sie vom Fenster aus nicht mehr würde sehen können. Falls er tatsächlich die Dreistigkeit besitzen sollte, um ihr Häuschen herumzugehen, um hineinzuspähen. *Jetzt nicht mehr bewegen und kein einziges Geräusch!* Irgendwann würde er aufgeben müssen.

»Das war ja mal wieder eine Schnapsidee!«

Michael Tomlinson schimpfte vor sich hin, während er die Stoney Lane in seinem blauen Geländewagen wieder hinabpolterte.

»Wahrscheinlich ist sie längst wieder zu ihrem Charles zurückgekehrt. Oder sie hat inzwischen einen anderen und ich mache mich hier total zum Affen!«

Entweder war Samantha Whitfield nicht zu Hause gewesen oder sie hatte ihm die Türe absichtlich nicht geöffnet. Und für jede dieser Varianten gab es wohl einen triftigen Grund.

Einen Moment lang hatte er sogar überlegt, ihr eine Nachricht an das kleine Fenster neben der Haustür zu stecken. Diese Idee hatte er aber sogleich wieder verworfen, als er vor dem Haus gestanden war mit dem Gefühl, sie wäre doch da gewesen. Er hatte gefürchtet, sich andernfalls lächerlich zu machen, wenn er sich zu erkennen gegeben hätte. Doch nun fragte er sich während der Rückfahrt nach London, ob er richtig gehandelt hatte.

»Das kann doch wohl nicht wahr sein, dass ich mich in meinen eigenen vier Wänden verstecken muss wie ein gejagtes Tier!«

Samantha wusste nicht, wie lange sie da auf dem Boden unter dem Küchentisch gekauert hatte. Aber als sie wieder zu sich gekommen war, hatte sie eine Wut gespürt.

Eine äußerst wohltuende Wut.

Die vielen Tränen hatten ihre Angst offenbar fortgespült und sie rief in die Stille ihres Häuschens hinein:

»Was glaubt Charles eigentlich, wer er ist? Der liebe Gott persönlich?«

Sie war aus ihrer schützenden Höhle wieder herausgekrochen und aufgestanden. Die Blumen beförderte sie schwungvoll in den Mülleimer und machte sich nun daran, ihre Einkäufe aufzuräumen und in den Schränken zu verstauen. Auch wenn sie sich kurze Zeit davor noch gefühlt hatte wie ein gehetztes Reh, genoss sie es nun, ihre Lebensgeister beim Erwachen zu begleiten.

Eigentlich warf sie die Dosen und Packungen mehr, als dass sie diese in die Fächer legte und in Windeseile hatte sie alles so platziert, wie es sich gehörte.

Dann holte sie die gelben Rosen wieder aus dem Abfall.

»Ihr könnt ja nichts dafür! Eigentlich muss ich euch sogar dankbar sein.«

Sie befreite sie aus der Plastikhülle und betrachtete sie. Weil die Blüten schon richtig welk aussahen, schnitt sie die mageren Stiele ziemlich kurz und drapierte sie in einer hübschen, altmodischen Porzellanschale. Sie füllte Wasser hinein und stellte das Arrangement auf den Couchtisch. So kamen die ungeliebten Blumen doch noch zur Geltung und bemühten sich erfolgreich, dem Raum jenen Hauch mehr Glanz zu verleihen, dessen er bedurfte.

»Warum hat sie mir nicht aufgemacht?«

Diese Frage hatte sich Michael Tomlinson in der vergangenen halben Stunde, die er bereits auf dem Rückweg nach London war, schon ein Dutzend Mal gestellt.

»Sie muss zu Hause gewesen sein. Das Auto stand doch vor der Tür ... Oder doch nicht? Täusche ich mich vielleicht?«

Während er mit der rechten Hand weiter lenkte, tastete er mit der linken auf seinem Mobiltelefon herum.

Dann erfüllte ein durchdringendes Klingelzeichen über die Freisprechanlage den Innenraum des Wagens.

Als es verstummte, war die klangvolle Stimme von Charles Cyril, Lord Cardington zu hören: »Ja, bitte?«

»Guten Tag, Sir! Hier spricht Michael Tomlinson. Ich hoffe, ich störe nicht.«

»Mr Tomlinson! Was für eine Freude! Nein, Sie stören mich überhaupt nicht. Ich komme gerade von den Ställen. Die trächtige Stute – Sie erinnern sich vielleicht – hat letzte Nacht endlich das Fohlen bekommen. Ein ganz prächtiger kleiner Bursche!«

»Oh, da gratuliere ich, Sir! Natürlich erinnere ich mich. Das ist ja wirklich sehr erfreulich!«

»Michael, was kann ich für Sie tun? Haben Sie sich mein Angebot doch noch überlegt?«

»Um ehrlich zu sein, habe ich noch öfter darüber nachgedacht, Charles, aber im Augenblick kommt so eine Veränderung für mich einfach nicht infrage. Ich hatte es Ihnen ja bereits bei meinem Besuch angedeutet. Heute wollte ich mich eigentlich nur nach Ihrem werten Befinden erkundigen. An diesem zweiten Abend – so schien mir – ging es Ihnen wohl nicht sehr gut ... Und ich wollte Sie fragen, ob sich diese spezielle Angelegenheit, die Sie damals auf dem Herzen hatten, inzwischen zum Guten gewendet hat ...«

»Oh, die Sache mit meiner Frau meinen Sie? Ja, da bin ich ganz und gar zuversichtlich. Samantha und ich sind auf dem besten Wege, uns wieder zu versöhnen. Eine Ehe ist eben doch eine Ehe, nicht wahr? In guten wie in schlechten Zeiten! So sagt man doch ...«

»Ja, so sagt man ... Das freut mich wirklich aufrichtig für Sie beide«, log Michael.

Also doch!

Diese Hiobsbotschaft musste er jetzt erst einmal verdauen.

»Es kann sein, dass die Verbindung gleich unterbrochen wird. Ich bin mit dem Wagen unterwegs und nähere mich einem Funkloch. Ich wünsche Ihnen alles Gute, Charles! Natürlich auch Ihrer Gattin.«

»Danke, Ihnen auch, Michael! Und auch vielen Dank für die Nachfrage! Es hat mich sehr gefreut! Auf Wiederhören!«

Nun war Michael klar, warum er vor verschlossener Tür gestanden hatte. Samantha Whitfield war längst wieder unter die schützenden Fittiche ihres Ehemannes zurückgekehrt.

Er war zu spät gekommen.

8

Samantha bestimmte ihr Leben wieder selbst. Die tiefe Traurigkeit war überwunden und sie war rundum zufrieden mit ihrem Dasein. Es gab ihr außerdem ein gutes Gefühl, eine wirklich sinnvolle Tätigkeit auszuüben. Sie mochte das *St. Mary*, die Menschen, die dort arbeiteten und natürlich die Kinder.

Diese Wertschätzung beruhte auf Gegenseitigkeit. Die chronisch überarbeitete Oberschwester Roberta konnte ihr Glück noch immer nicht fassen, dass ihr der Himmel solch eine tüchtige, angenehme und zuverlässige Kraft beschert hatte.

Wenn Not an der Frau war – wenn beispielsweise eines der Kinder hoch fieberte – war Samantha sogar dazu bereit, im Heim zu übernachten. So blieb nicht alles an Roberta hängen und diese bekam wenigstens ein paar Stunden Schlaf.

Auch die Kinder hatten Samantha ausnahmslos ins Herz geschlossen. Allen voran Frank, der sich von ihr außerordentlich bevorzugt fühlte, obwohl die sich alle Mühe gab, ihre Zöglinge gleichzubehandeln.

Und Janet und Cynthia taten ihre Arbeit lieber, seitdem Samantha im Haus war.

Samantha hatte sich für das Wochenende freigenommen. Eine junge Praktikantin hatte sich kurzfristig beworben und so hatte sie nun endlich mal wieder Zeit für sich.

Die Arbeit im Waisenhaus machte ihr ausgesprochen viel Freude, aber ging auch ganz schön an die Substanz. Wenn sie da nicht einmal wenigstens zwei Tage ausscherte, würde es ihr irgendwann genau so ergehen wie der Oberschwester und das schien ihr nicht erstrebenswert.

Sich abzugrenzen und sich selbst näherzustehen, hatte sie sich schließlich selbst versprochen.

Vor allem wollte Samantha endlich einmal wieder ausschlafen und in aller Seelenruhe auf ihrer Terrasse frühstücken. Ihr kleiner Garten und der wunderschöne Ausblick von dort über die Hügel der Grafschaft Kent warteten schon länger darauf, von ihr genossen zu werden.

Ein paar ungelesene Bücher stapelten sich auf dem Couchtisch sowie die letzten beiden Ausgaben von *The Beauty of Nature*. Außerdem hatte sie für diesen Tag geplant, auf dem Bauernmarkt in Sandhurst einzukaufen. Und, falls dafür noch Zeit übrig war, einfach einmal nichts zu tun, wenn ihr gerade danach war.

Aber ganz oben auf Samanthas Liste stand nach langer Zeit mal wieder ein Besuch in *ihrer* Gärtnerei. Zuletzt war sie an dem Tag dort gewesen, als sie Michael Tomlinson kennengelernt hatte. Dieses Vorhaben versetzte ihr im ersten Moment einen Stich, beim bloßen Gedanken daran.

Dann atmete sie ein paar Mal tief durch und nahm es als Teil ihrer Eigen-Therapie, trotzdem dort hinzufahren.

Die alte Gärtnerei von Sandhurst war einer jener verwunschenen Orte, an denen die Zeit stehen geblieben zu sein schien. Zwischen altgedienten Gewächshäusern verliefen verschlungene Wege, die zu einem Labyrinth angeordnet waren. Hinter jeder Abzweigung erwartete den Kunden eine kleine Sehenswürdigkeit: üppig bepflanzte Steinpokale, verwitterte Statuen oder von Kletterpflanzen umwucherte Sitzgelegenheiten, die den Besucher zum Verweilen einluden.

Samantha schlenderte durch ein paar blütenreich umrankte Torbögen zu einem leise plätschernden Brunnen. Das war einer ihrer Lieblingsplätze. Sie blickte sich wie berauscht um und wollte die ganze Pracht in sich aufnehmen. Eine unendlich scheinende Vielfalt von Gerüchen und Blütendüften unterstrich jeden Augenblick dieser Sinnenfreude.

Samantha nahm einen tiefen Atemzug.

In der Vormittagshitze dieses Tages war nur das matte Zwitschern der Vögel und das schier unermüdliche Summen der Bienen und Hummeln zu hören.

Wie gut es doch war, wieder einmal hier zu sein!

Am Nachmittag rückte sich Samantha ihren verwitterten Holzliegestuhl in die Sonne und legte ein dunkelgrünes Polster darauf. Mit der Vormonats-Ausgabe von *The Beauty of Nature* machte sie es sich darin gemütlich.

Ihr besonderes Interesse galt dem Veranstaltungskalender, da in dieser Jahreszeit regelmäßig die prächtigsten Gärten Englands für die Öffentlichkeit zugänglich gemacht und vorgestellt wurden.

Sie blätterte durch die Rubrik und schwelgte in den wunderschönen Fotos, bis sie freudig überrascht auf einen Beitrag stieß: *Die Gartenpracht-Tage auf Scotney Castle*.

Nur einen Katzensprung von Lamberhurst entfernt erstreckte sich *Scotney Castle*. Dabei handelte es sich weniger um ein Schloss, als um ein altes hochherrschaftliches Landhaus. Es befand sich auf einer Insel inmitten eines kleinen Sees, umgeben von sanft abfallenden, bewaldeten Gärten.

Auf dem Weg zum Waisenhaus fuhr Samantha täglich an dem Wegweiser vorbei. Bis jetzt hatte sie sich noch nie die Zeit nehmen können, es einmal zu besichtigen.

Sie überflog den Bericht weiter und erfuhr, dass schon am nächsten Tag die feierliche Eröffnung sein sollte.

Was für ein Glück! Der Park von *Scotney Castle* sollte ausgesprochen sehenswert sein, sie hatte schon öfters davon gehört. Das war nun wirklich eine gute Gelegenheit, einmal hinzufahren und nicht immer nur daran vorbei.

Sie las den Beitrag nun ausführlicher:

Unter der Schirmherrschaft des Vereins ›Gartenfreunde der Grafschaft Kent‹ wird am Sonntag um 11 Uhr die bezaubernde Hazel McGregor als unser Ehrengast die diesjährige Ausstellung eröffnen.

Darunter war die Fotografie einer sehr hübschen jungen Frau mit einem gewinnenden Lächeln abgebildet.

Hazel McGregor – Samantha kannte sie, wobei *kennen* wohl nicht ganz der richtige Ausdruck war.

Hazel war die Tochter eines reichen Londoner Fabrikanten schottischer Abstammung.

Vor einigen Jahren war sie außerdem die Geliebte von Lord Alistair Sinclair gewesen, einem Studienfreund von Charles.

Die beiden Männer hatten zusammen ihre Jahre in Oxford verbracht, um dort zu lernen, das Erbe ihrer jeweiligen Vorfahren gewinnbringend zu verwalten. Seit dieser Zeit waren sie befreundet.

Zum 40. Geburtstag von Charles war Alistair ganz selbstverständlich in Hazels Begleitung erschienen, obwohl damals alle Welt gewusst hatte, dass er verheiratet war.

Diese Liaison war über mehrere Monate hinweg ein gefundenes Fressen für die Presse gewesen.

Das ganz besondere Interesse dabei galt allerdings Hazels außergewöhnlicher Schönheit: Sie hatte dunkelrote lange Locken, einen vornehm blassen Teint und veilchenblaue, leicht schrägstehende Augen.

Wenn sie lächelte, war jeder sofort hingerissen und ihrem Charme erlegen. Ihren elfengleichen Körper bewegte sie so anmutig, dass es Männern wie Frauen bei ihrem Anblick stets die Sprache verschlug. Niemand konnte seinen Blick von ihr abwenden. Sie war wie ein menschgewordenes Fabelwesen – eine Lichtgestalt, wie einem Märchen entsprungen.

Wer hätte Lord Sinclair seinen Seitensprung während einer heftigen Ehekrise auch verdenken können, als Hazel in ihrer ganzen Vollkommenheit in sein Leben getreten war?

Niemand – außer Charles!

Natürlich hatte auch er Hazel schön gefunden.

Aber er hatte ganz und gar nicht verstanden, wie sein Freund Alistair seinen Ruf als Ehrenmann wegen so einer Frau hatte aufs Spiel setzen können.

Außerdem hegte Charles eine leidenschaftliche Abneigung gegen den Geldadel. Einen *Emporkömmling* nannte er deshalb jeden aus dessen Reihen.

Mit unverhohlener Nichtachtung war er aus diesen Gründen am Tag seiner Feier auch Hazel begegnet, was diese natürlich bemerkt und persönlich genommen hatte. Ihre Verwirrung und Verletztheit hatte man ihren wunderschönen Augen damals regelrecht ablesen können.

Samantha dagegen hatte Hazel vom ersten Augenblick an gemocht und sich persönlich darum gekümmert, dass die junge Frau sich auf *Cardington Manor* trotzdem wohlgefühlt hatte.

Es hatte Samantha leidgetan, dass Charles sie behandelt hatte, als hätte sie persönlich die Ehe der Sinclairs ruiniert – wenngleich doch jeder genau gewusst hatte, dass es bis zu deren Ende nur eine Frage der Zeit gewesen war.

Vielleicht war Samantha durch diesen Vorfall damals auch an ihre eigene Anfangszeit mit Charles erinnert worden. Sie selbst war von Charles' Mutter misstrauisch und abschätzend beäugt worden und hatte sich deswegen auf *Cardington Manor* ähnlich unwohl gefühlt.

Von Hazel McGregor hätte Samantha also sicher nichts zu befürchten, was Charles betraf und sie beschloss deshalb, diese Ausstellung am nächsten Tag zu besuchen. Ein strahlender Sonntagmorgen versprach einen wunderschönen Tag, auch wenn der Wetterbericht im Radio heftige Gewitter für die zweite Tageshälfte vorausgesagt hatte.

Samantha trug ein hübsches Sommerkleid in einem verwaschenen Lavendelblau, das sie vor vielen Jahren zusammen mit Charles in einer kleinen Boutique in Hastings erstanden hatte. Sie drehte sich vor dem bodenlangen Spiegel hin und her, wählte sich dazu passende, flache Schuhe aus und eine kleine Handtasche in der gleichen Farbe.

Dann fuhr sie los.

Sie fühlte sich mutig und ein wenig aufgeregt, war diese öffentliche Veranstaltung doch die erste dieser Art, die sie besuchte, seitdem sie Charles verlassen hatte. Wegen der großen Entfernung zu *Cardington Manor* war sich Samantha sicher, an diesem Tag weder ihn noch gemeinsame Freunde aus ihrem früheren Leben zu treffen.

Das Anwesen von *Scotney Castle* war bereits bei Samanthas Ankunft überfüllt. Der Besucherandrang erwies sich als gewaltig. Junge Männer in leuchtend gelben Sicherheitswesten leiteten die eintreffenden Besucher zum Parken ihrer Autos auf die angrenzenden Wiesengrundstücke um. Das bedeutete einen kleinen Fußmarsch auf unbefestigtem Gelände, und das noch vor Betreten der weitläufigen Ausstellungsfläche.

Samantha war froh, dass sie sich für eine bequeme Schuhvariante entschieden hatte. Sie fädelte sich wie ein Herdentier in den Fußgängerstrom ein, an dessen anderem Ende sich die Gartenschau befinden sollte.

Mit so vielen Menschen hatte Samantha nicht gerechnet. Inzwischen hielt sie es für höchst unwahrscheinlich, mit Hazel McGregor persönlich sprechen zu können, geschweige denn, sie überhaupt zu Gesicht zu bekommen.

Sie hatte diesen Gedanken noch nicht zu Ende gedacht, da fiel ihr Blick bereits auf eine wunderschöne junge Frau. Die war förmlich umzingelt von einer Traube aus Männern jeden Alters.

Ihre dunkelroten Locken leuchteten in der Sonne wie die Feuersäule eines Flammenwerfers. Hazel trug ein kornblumenblaues Etuikleid, das ihre Vorzüge gekonnt zur Geltung brachte: Es war sexy, ohne dabei ordinär zu wirken. Seine Farbe korrespondierte perfekt mit Hazels Augen und ihrer lodernden Haarpracht.

»Manchmal ist der liebe Gott geradezu verschwenderisch mit seinen Gaben ...«, entwich es Samantha leise mit einem Seufzen.

Ob Hazel McGregor auch Beziehungsprobleme hatte?

Wahrscheinlich nicht.

Samantha wollte sich gerade unauffällig an dieser Gruppe vorbeidrücken, als auf einmal eine lieblich melodiöse Stimme zu vernehmen war: »Sie entschuldigen mich? Ich habe gerade eine Freundin gesehen ...«

Mit diesen Worten hatte sich Hazel McGregor gewandt aus dem Kreis ihrer Verehrer herausgelöst und stand plötzlich, hinreißend lächelnd, vor der überraschten Samantha.

»Lady Cardington! Was für eine Freude nach all den Jahren!«

Nach einer kurzen, angedeuteten Umarmung erwiderte Samantha: »Hazel, wie schön, Sie wiederzusehen! Wir hatten uns doch damals beim Vornamen genannt, wissen Sie nicht mehr?«

»Oh, Samantha, dass Sie sich daran noch erinnern!«

Hazel lächelte und bedankte sich mit einem bezaubernden Augenaufschlag.

Dann verfinsterte sich ihre Mimik und sie blickte sich vorsichtig um.

»Ist Lord Cardington auch hier?«

Samantha musste lachen.

»Nein, keine Angst, meine liebe Hazel! Von Charles habe ich mich getrennt. Ich lebe schon seit mehr als einem Jahr nicht mehr auf *Cardington Manor*, sondern hier ganz in der Nähe, in der Gegend von Sandhurst.«

»Oh!«

Man konnte Hazel ansehen, dass sie nicht wusste, ob sie Samantha bedauern oder sich für sie freuen sollte.

»Und wie geht es Ihnen, Hazel? Das mit Ihnen und Alistair hatte ja wohl auch nicht gehalten.«

»Nein. Er ging zurück zu seiner Frau. Die hätte ihn sonst vollkommen ruiniert. Aber das haben Sie bestimmt in allen Einzelheiten in der Zeitung gelesen. Unsere Trennung versorgte die Presse während dieser Zeit ja monatelang mit Schlagzeilen.«

»Ja, daran erinnere ich mich noch gut. Das tat mir damals sehr leid für Sie.«

»Das ist längst Schnee von gestern«, entgegnete Hazel mit einer abwinkenden Geste.

Sie kam ein wenig näher heran und sprach dann flüsternd weiter: »Ich möchte Ihnen etwas anvertrauen ... Ich habe mich vor Kurzem wieder verliebt.«

Sie strahlte überglücklich.

»Das ist ja wunderbar, liebe Hazel! Meinen Glückwunsch! Ich habe mir ...«

Ein Herr in einem grauen Anzug stand plötzlich neben ihnen und seine Anwesenheit ließ das Gespräch abrupt verstummen. Sein Revers zierte ein dunkelgrünes Abzeichen, auf dem in goldfarbenen Lettern *Gartenfreunde der Grafschaft Kent* stand. Daran und an seiner wichtigtuerischen Miene war unschwer zu erkennen, dass es sich bei ihm wohl um einen der Veranstalter handelte.

»Bitte entschuldigen Sie die Unterbrechung, meine Damen, aber ich müsste Miss McGregor nun leider entführen. Die Eröffnung findet in Kürze statt.«

»Ja, natürlich!«, bekräftigte Hazel freundlich und wandte sich dann an Samantha: »Sie entschuldigen mich? Die Pflicht ruft ...«

»Selbstverständlich! Ich wollte mich ohnehin gerade an den Getränkestand begeben. Auf dem Weg hierher habe ich doch schon einen kleinen Fußmarsch hinter mich gebracht und würde mich ganz gerne erfrischen.«

»Oh, ja, tun Sie das! Wir sehen uns sicher später noch!«

»Das würde mich sehr freuen«, antwortete Samantha aufrichtig.

Anmutig wie ein Engel verschwand Hazel schwebend in der Menge.

An ihrer Seite genoss der Präsident des Gartenvereins die ungewohnte Aufmerksamkeit, die ihm plötzlich zuteilwurde. Der Glanz seines Ehrengastes schien auf ihn übergegangen zu sein, denn es kam ihm vor, als würden die vielen bewundernden Blicke auch ihm gelten.

Samantha lächelte den beiden nach. Dann ging sie hinüber zu einem Tisch, der mit einem weißen, bodenlangen Tuch bedeckt war, an dem zum Schmuck Blumengirlanden befestigt waren. Sie stellte sich als Letzte in der Reihe der Durstigen an und ließ ihren Blick umherschweifen:

Der Park von *Scotney Castle* war wirklich beeindruckend schön! Am meisten freute sich Samantha auf den inzwischen weltberühmten Rosengarten.

Für einen Moment lang kam ihr ihre verstorbene Mutter in den Sinn, der diese Gartenausstellung bestimmt genau so viel Freude bereitet hätte.

Wehmütige Gedanken wollten sich gerade in ihr ausbreiten, als eine zierliche, gepflegte Frauenhand sie sanft aber bestimmt am Arm nahm und aus der Warteschlange herauszog. Hazel McGregor war zurückgekommen und ihre Wangen glühten förmlich.

»Die Eröffnung wurde um eine Viertelstunde verschoben und ich wollte schnell die Gelegenheit nutzen ...«

Sie machte einen effektvollen Schritt zur Seite.

»Meine liebe Samantha, darf ich Ihnen meinen Freund, den bekannten Landschaftsarchitekten Michael Tomlinson vorstellen? – Michael, das ist Lady Cardington!«

Samantha traute weder ihren Ohren noch ihren Augen. Als sie sich umwandte, stand wahrhaftig Michael Tomlinson vor ihr und deutete völlig perplex eine höfliche Verbeugung an. Er war sichtlich genau so überrascht und schien überdies noch seine Sprache verloren zu haben.

Für den Bruchteil einer Sekunde überlegte Samantha, wie sie nun reagieren sollte, und entschied sich dann für ein knappes »Sehr erfreut!« in Michael Tomlinsons Richtung.

An Hazel gewandt sagte sie mit einem erzwungenen Lächeln: »Gerade ist mir doch einiges klargeworden«, was die verliebte junge Frau natürlich anders verstehen musste, als es von Samantha gemeint war.

Hazel war außer sich vor Glück. Vor schierer Lebensfreude und Übermut drückte sie ihrem Begleiter einen Kuss auf, der einen dunkelroten Lippenstiftabdruck in der Nähe seines Mundes hinterließ. Damit hatte sie ihn nun öffentlich gebrandmarkt wie eine Trophäe, und strahlte voller Besitzerstolz.

Nicht nur, dass Michael Tomlinson Hazels Begeisterung offenbar nicht teilte – er schien darüber regelrecht wie vom Blitz getroffen.

»Aber Hazel! ... Du kannst mich doch nicht einfach ...«, rief er fassungslos.

Dann blickte er kopfschüttelnd zwischen Hazel und Samantha hin und her, um darauf sofort wieder in Sprachlosigkeit zu verfallen.

Um diese offizielle Auszeichnung Hazels hätte ihn jeder andere Mann auf dem Areal glühend beneidet.

Für Michael jedoch war es das Letzte, was er hatte erhalten wollen. Besonders unter den Blicken der Frau, die er sich derzeit mühevoll aus dem Kopf schlug, beziehungsweise aus dem Herzen riss.

Die Situation hatte trotz allem eine gewisse Komik. Da Samantha in diesem Moment nicht wusste, ob sie lachen oder weinen sollte, entschied sie sich für ein wenig Ironie, serviert mit einem Augenzwinkern.

»Oh, das muss Ihnen meinetwegen nicht peinlich sein, Mr Tomlinson! Ich hatte schon immer Verständnis für Liebende. Und diese Farbe steht Ihnen übrigens ganz hervorragend!«

Und an Hazel gewandt: »Ich freue mich wirklich sehr darüber, dass Sie so glücklich sind, meine liebe Hazel! Und jetzt entschuldigen Sie mich bitte! Dort drüben habe ich gerade jemanden entdeckt, den ich schon lange nicht mehr gesehen habe.«

Mit einem filmreifen Lächeln, dessen Herstellung ihre gesamte Selbstbeherrschung gefordert hatte, ließ sie die beiden stehen und verschwand mit gespielter Gelassenheit hinter einer kunstvoll getrimmten Buchs-Skulptur.

Als sie sich außer Sicht wähnte, spähte Samantha noch einmal zwischen den Zweigen eines Rosenlorbeerbaums hindurch. Sie sah wie Michael fluchend versuchte, sich die hartnäckige rote Farbe mit einem Taschentuch aus dem Gesicht zu wischen, während Hazel ihn in Richtung der Veranstaltungsbühne am Seeufer bugsierte und dabei besänftigend auf ihn einredete.

Samantha hatte für diesen Tag genug gesehen.

Diese vielversprechenden *Gartenpracht-Tage auf Scotney Castle*, auf die sie sich so sehr gefreut hatte, waren für sie nun bereits vor deren Eröffnung beendet.

Nach einem kurzen Moment der Orientierung nahm sie den Weg, an dessen Ende sie ihren Wagen vermutete.

Sie wollte einfach nur noch weg!

Aus den Lautsprechern, die über das gesamte Gelände verteilt waren, erklang nun Hazels liebreizende Stimme:

»... und es ist mir eine ganz besondere Freude, Ihnen heute meinen persönlichen Ehrengast vorzustellen, dessen Namen jeder von Ihnen sicher schon einmal gehört hat ... Er ist ein guter Freund von mir ... Ein *sehr* guter Freund ...«

Hazel machte eine effektvolle Pause und das Publikum begann zu johlen.

»Freuen Sie sich mit mir auf ... Michael Tomlinson!«

Tosender Applaus schwirrte durch die Lüfte von *Scotney Castle*.

Samantha drehte sich wie ferngesteuert noch einmal um und warf einen letzten, tränenverschleierten Blick zurück in die Richtung des Podiums.

Sie sah Michael, der in diesem Moment von Hazel herzlich umarmt und auf beide Wangen geküsst wurde.

Schon wieder!

In ihrer Brust machte sich ein Gefühl von Abschied breit.

Nicht dass sie in letzter Zeit noch darauf gehofft hätte, jemals mit Michael Tomlinson zusammenzukommen, geschweige denn, ihn überhaupt noch einmal wiederzusehen. Sie hatte sich schon längst damit abgefunden gehabt, nichts mehr von ihm zu hören.

Aber ihn jetzt zusammen mit einer Frau wie Hazel McGregor erlebt zu haben und nun definitiv zu wissen, ihn für immer verloren zu haben – das war einfach zu viel.

Während ihre Schritte stetig schneller wurden, spürte sie dicke, warme Wassertropfen auf ihrer Haut.

Ohne dass Samantha es bemerkt hatte, war das prophezeite Unwetter aufgezogen und hatte den Himmel bereits bedrohlich verdüstert. Eine Front aus schwarzen Gewitterwolken war offenbar unmittelbar davor, sich zu entleeren.

Der Regen wurde stärker und der Trampelpfad, den sie zurücklegen musste, um zu ihrem Auto zu gelangen, wurde von Minute zu Minute schlammiger.

Das Lavendelblau ihres Kleides hatte sich längst in ein dunkles Lila verwandelt. Ihre Unterschenkel hatte das Schmutzwasser der Pfützen braun gesprenkelt. Die hübschen Schuhe waren inzwischen von außen matschig und von innen nass.

Einen Moment lang überlegte Samantha, ob es vielleicht doch besser wäre, in den Schutz von *Scotney Castle* mit seinen zahlreichen Zelten und Gebäuden zurückzukehren.

Aber bei dem Gedanken, dabei womöglich noch einmal unfreiwillig die zärtlichen Liebesbezeugungen der beiden Turteltäubchen miterleben zu müssen, verwarf sie diese Möglichkeit sofort.

Da zog sie es lieber vor, ihr Tempo noch weiter zu beschleunigen und dem Sturm die Stirn zu bieten.

Ihre Tränen hatten sich längst mit dem Regenwasser vermischt und irgendwann – sie war sich sicher – würden beide wieder getrocknet sein.

9

Noch nie war Michael Tomlinson dem Wettergott dankbarer gewesen. Während seiner kurzen Ansprache hatte ein heftiger Wolkenbruch die Besucher in alle Windrichtungen vertrieben und die Veranstaltung damit jäh beendet.

Hazel hatte aus Angst um ihre teuren Schuhe kreischend in einem Gewächshaus Schutz gesucht.

Er selbst hatte diese erste Gelegenheit zur Flucht ergriffen. Jeder andere Mann wäre an seiner Stelle wahrscheinlich überglücklich gewesen, der Auserkorene von Hazel McGregor zu sein, aber ihm war es nur peinlich gewesen. Er fühlte sich im Nachhinein von Hazel vorgeführt wie ein Schoßhund.

Weil es Michael als besonderem Ehrengast bei seiner Ankunft erlaubt gewesen war, in relativer Nähe des Schlosses zu parken, gelangte er im Schutz der alten Bäume fast trocken und völlig unversehrt zu seinem Wagen. Dort saß er nun und hatte die erste Verschnaufpause, seit Hazel ihn quer über das Gelände gezerrt hatte, um ihm eine sehr liebe Freundin vorzustellen, die sich angeblich von einem schrecklich blasierten Snob von Ehemann getrennt hatte.

Er versuchte, sich diese Situation noch einmal zu verinnerlichen und war sich ganz sicher, dass Hazel das genau so zu ihm gesagt hatte.

Das würde auch erklären, weshalb Samantha überhaupt auf dieser Gartenschau gewesen war, weitab von *Cardington Manor*, und offenbar nicht in Begleitung von Charles.

Dieser Hügel, auf dem Michael sie damals besucht hatte, war von *Scotney Castle* gerade mal eine knappe halbe Stunde entfernt. Das alles zusammengenommen ergab einen Sinn.

Zum ersten Mal kam Michael der Gedanke, dass Charles ihm am Telefon möglicherweise nicht die Wahrheit gesagt hatte.

Er steckte den Autoschlüssel ins Zündschloss, startete den Motor und fuhr so schnell davon, wie es die matschigen Wege auf *Scotney Castle* zuließen.

Während der Fahrt hatte es aufgehört zu regnen.

Beim Wegweiser mit der Aufschrift *Stoney Lane* bog Michael ein und schlitterte den schlammigen Weg hinauf. Das alles kam ihm so vertraut vor, als würde er dort jeden Stein kennen.

Als er an der dunkelgrünen Haustüre klopfte, wurde er plötzlich aufgeregt wie ein Schuljunge.

Doch niemand öffnete.

Der braune Wagen stand davor, nass, mit Schlamm bespritzt und mit dampfender Motorhaube.

Sie musste also zu Hause sein.

Diesmal würde er nicht einfach wieder davonfahren.

Obwohl die Dame des Hauses ihn nicht dazu eingeladen hatte, betrat er das kleine Grundstück. Er musste es jetzt einfach wissen!

Während er um das Häuschen herumging, rief er laut Samanthas Namen, um sich bemerkbar zu machen, doch es kam keinerlei Reaktion.

Auf der Terrasse angekommen, sah er, dass die gläserne Türe offen stand und er rief noch einmal ein vorsichtiges »Hallo?« ins Haus hinein.

Michael lauschte in die Stille und hörte plötzlich seltsame Geräusche, die aus einem der hinteren Räume zu kommen schienen. Er spähte hinein, bekam aber noch immer keine Antwort auf sein Rufen.

Inzwischen mischte sich Sorge in seine Unsicherheit: Was wäre, wenn ihr in dieser Abgeschiedenheit jemand aufgelauert hätte und ...?

Er wagte es nicht einmal, diese Möglichkeit zu Ende zu denken.

Oder, wenn ihr etwas zugestoßen und sie zu verletzt wäre, um sich Hilfe zu holen?

Entschlossen, Samantha Beistand zu leisten – wobei auch immer – betrat er das Haus mit forschen Schritten und ging zielstrebig in die Richtung, aus der er nun merkwürdige Stimmen vernahm.

Für Bruchteile einer Sekunde sah er Samantha vor seinem geistigen Auge von Einbrechern überwältigt, wehrlos und gefesselt auf dem Boden liegen, das hübsche, lavendelblaue Kleid in Fetzen gerissen.

Er spürte einen heftigen Adrenalinschub und die unmittelbar darauffolgende Anspannung sämtlicher Muskeln seines Körpers.

Er lauschte noch einmal: Nicht der geringste Laut war nun mehr zu hören, als er vor der einzigen geschlossenen Türe stehen blieb. Er zögerte, sie einfach zu öffnen und rief lieber noch einmal: »Samantha?«, als die Tür ganz abrupt und wie von selbst aufging.

Nur notdürftig in ein Badetuch gehüllt, mit improvisierter Hochsteckfrisur und von unzähligen Wassertropfen übersät, stand Samantha Whitfield plötzlich vor ihm.

Panik und Schrecken standen ihr deutlich ins Gesicht geschrieben. Ihre Augen waren weit aufgerissen und sie zitterte am ganzen Leib.

»Bitte verzeihen Sie, dass ich hier einfach so hereinkomme«, stammelte Michael, »aber ich habe so oft gerufen und Sie haben nicht ...«

Mit bebender Stimme fuhr sie ihm ins Wort: »Sie haben mich zu Tode erschreckt! Was fällt Ihnen bloß ein?«

»Das tut mir wirklich sehr leid, aber ...«

»Wo haben Sie denn plötzlich Ihre reizende Freundin gelassen? Wartet Hazel etwa im Auto?«

»Hazel ist doch nicht meine Freundin! Sie ...«

»Wie sämtliche Gartenfreunde von Scotney Castle gerade miterleben durften, sieht Hazel das offenbar anders!«

»Das mag ja sein. Sie ist die Tochter eines Auftraggebers ... eine ziemlich verwöhnte Göre, wie ich finde. Sie bildet sich möglicherweise etwas ein, aber ich habe ihr wirklich keinen Grund dazu ...«

»Na, wer könnte Hazel McGregor schon widerstehen?«

»Na, ich offenbar!«

»Jetzt sagen Sie bloß, Sie haben als einziger Mann Großbritanniens keine Augen im Kopf! Die ganze Welt ist doch schier verrückt nach ihr! Man hält sie doch für ein Gesamtkunstwerk!«

»Doch ... ja ... Hazel ist wirklich ein bildschönes Geschöpf. Aber jede Rose da draußen ist ein bildschönes Geschöpf. Muss ich deshalb alle Rosen dieser Welt besitzen? Es genügt doch, sie anzusehen und ...«

»Es geht mich ja auch gar nichts an, ich wundere mich nur darüber, warum Sie sich unmittelbar nach dieser öffentlichen Kundgebung ausgerechnet in meinem Wohnzimmer aufhalten!«

Samantha ärgerte sich darüber, dass sie ihn überhaupt auf Hazel angesprochen hatte, und wechselte schnell das Thema: »Dürfte ich nun bitte endlich erfahren, weshalb Sie mich schon wieder unangemeldet überfallen?«

»Glauben Sie mir bitte, es tut mir wirklich unendlich leid! Ich wollte Sie nicht erschrecken, aber als Sie auf mein Klopfen und Rufen nicht reagiert haben, habe ich mir solche Sorgen gemacht, dass Ihnen etwas passiert ist.«

Michael fühlte sich ihr so nah, aber musste nun einsehen, dass er zu weit gegangen war. Als er es bemerkt hatte, kratzte er sich verlegen am Kopf.

»Und da spazieren Sie hier einfach so herein?«, fragte sie heftig kopfschüttelnd.

»Da waren diese merkwürdigen Stimmen und ich dachte ...«

»Stellen Sie sich vor, ich besitze tatsächlich eine dieser neumodischen Erfindungen – wie war doch noch der Name? Ach ja, *Radio*!«

Ein Radio! Dass er darauf nicht selbst gekommen war!

Michael schüttelte entschuldigend den Kopf.

Er wäre am liebsten im Erdboden versunken. Vor allem wusste er jetzt nicht mehr, was er noch sagen sollte, um sein unerlaubtes Eindringen zu rechtfertigen.

Seine Augen, die bis zu diesem Moment nur Samanthas erschrockenes Gesicht bemerkt hatten, wanderten langsam über einen zarten Hals, an dessen Seite eine eigenwillige Haarsträhne herunterhing, deren Ende sich leicht kräuselte. Und sie streiften über nackte Schultern, auf denen unzählige Wassertropfen glitzerten.

»Und ausgerechnet *Sie* wollen sich Sorgen gemacht haben um mich? Das ist doch jetzt wohl ein Witz!«

Samantha war noch immer sehr aufgeregt und ihre Stimme überschlug sich fast. »Schließlich habe nicht *ich* angekündigt, *Sie* zu besuchen, und es dann nicht getan! Soweit ich mich erinnere, war es doch wohl eher umgekehrt, oder nicht?«

Michael hatte jeden ihrer Sätze sorgsam registriert. Sie hatte ihn also erwartet damals. Hatte er aus ihren Worten nicht sogar eine kleine Enttäuschung herausgehört, weil er nicht gekommen war?

Darauf hätte er nun einiges antworten können, um die ganze Situation zu entschärfen, doch er brachte keinen einzigen Ton heraus. Samantha gefiel ihm so sehr, wie sie da vor ihm stand und er konnte sie nur noch anstarren. Da war es wieder zu spüren: dieses Magische, dieser Zauber, der sie beide zu verbinden schien.

»Jetzt sag mir doch bitte endlich, warum du dir meinetwegen Sorgen gemacht hast?«

Etwas war in diesen Sekunden der Stille mit Samantha geschehen. Ihre Stimme klang nun weich und fast flehend, als wäre sie kurz davor zu weinen und als brauchte sie seine Antwort, um weiterleben zu können.

Doch Michael konnte gerade nichts sagen. Er sah nur in ihre Augen, deren wütendes Funkeln einem sanften Glanz gewichen war. Dann senkte sich sein Blick auf ihren halb geöffneten Mund.

Ihre Lippen waren schön geschwungen, durch die Aufregung ein wenig blass und zitterten leicht.

Michael rang um die eine Antwort, die er zögerte, ihr zu geben, da er fürchtete, sie würde ihn danach für verrückt halten. Er selbst hielt sich deswegen schon länger für verrückt. Und doch war es die einzige Antwort, die er ihr geben konnte. Es war die Wahrheit und die wollte Samantha schließlich von ihm wissen.

»Weil ... weil ich mich in dich verliebt habe und ich nicht weiß, wozu ich fähig wäre, wenn dir etwas passiert wäre. Wenn dir irgendjemand etwas getan hätte ...«

Nun war es endlich heraus und aus seinem Innersten kamen noch weitere Worte, die er zuvor nicht einmal gedacht hatte: »Ich hab' dich so sehr vermisst ... diese Wochen waren wie eine Ewigkeit für mich ...«

Michael hatte förmlich gespürt, wie Samanthas Widerstand während seiner Worte geschmolzen war und er wagte es nun, einen Schritt näher auf sie zuzugehen und seine Arme behutsam um sie zu legen.

»Ich wollte doch so gerne noch einmal vorbeikommen damals, aber es ging leider nicht ... Und später hatte ich dann gedacht, du wärst zu Charles zurückgekehrt ...«

In Samantha löste sich jetzt endlich die Anspannung. Sie konnte es kaum glauben: Michael Tomlinson stand wahrhaftig in diesem Moment vor ihr und umarmte sie.

Während ihre Gedanken noch dabei waren zu begreifen, was er ihr gerade gesagt hatte, füllten sich ihre leuchtend blaugrünen Augen vor Freude und Erleichterung mit Tränen und versuchten nun gleichzeitig, jede Einzelheit in Michaels Gesicht wahrzunehmen: seine braunen Augen, deren goldene Sprenkel sie bereits bei ihrer ersten Begegnung so irritiert hatten, die glatte, kluge Stirn, überhaupt seine ebenmäßigen, markanten Züge, über die sich eine leicht gebräunte Haut spannte und seinen Mund, mit dem er ihr gerade atemlos seine Liebe gestanden hatte und der sich nun danach verzehrte, sich mit ihrem zu vereinigen.

Im nächsten Moment verschmolzen sie miteinander in einem gierigen, schier endlosen Kuss, der besiegelte, was sie beide seit ihrer ersten, unwirklich anmutenden Begegnung gespürt hatten.

Während sie sich immer und immer wieder küssten, kam es ihnen so vor, als wäre es das Selbstverständlichste der Welt, dass sie gerade eng umschlungen in Samanthas Häuschen standen und nun endlich nicht mehr voneinander lassen mussten.

In Samantha kamen dabei Empfindungen zum Vorschein, die sie in der langen Zeit der Einsamkeit schon beinahe vergessen hatte. Ihr Körper bebte inzwischen nur so vor Verlangen.

Unter Michaels ungestümer Umarmung glitt das feuchte Badetuch auf den Boden und er hielt ihren erregten, nackten Leib nun noch fester an sich geschmiegt. Er wollte diese Frau jetzt nie wieder loslassen.

Michael liebkoste endlich mit seinen Lippen all das, was er zuvor nur mit seinen Augen berühren durfte: ihren schlanken Hals, die zarten Schultern und schließlich ihre runden, festen Brüste, was Samantha fast vollends um den Verstand brachte.

Er ließ kurz von ihr ab, während sie sein Hemd aufknöpfte, um ihm zu helfen, sich des störenden Stoffs zu entledigen.

Sie schmiegte ihr Gesicht zärtlich an seine glatte Brust und genoss es, ihm so nah zu sein und seine Wärme zu spüren.

Gleich darauf erschauerte Michael, weil er ihren heißen Atem fühlen konnte, als sie seinen muskulösen Oberkörper mit ihrem Mund erkundete.

Samantha liebte es, wie Michael roch, wie er sich anfühlte und wie er schmeckte. Sie hatte das Gefühl, lichterloh in Flammen zu stehen.

Mehr noch: Sie war eine einzige lodernde Flamme.

Eine nie zuvor gefühlte Lust hatte von ihr Besitz ergriffen, gleich einer riesigen, alles verschlingenden Welle, die nun dabei war, sie ins offene Meer hinauszutragen.

Samantha ließ sie gewähren. Zu diesem Zeitpunkt gab es kein *Zurück* mehr.

Sie löste sich aus der glühenden Umarmung und führte Michael in ihr Schlafzimmer, während sie langsam seine Hose öffnete.

Als Samantha nach einigen Stunden erwachte, waren sie noch immer ineinander verschlungen. Sie war beschwipst vor Glück und wagte nicht, sich zu bewegen, so sehr genoss sie die Geborgenheit von Michaels Umarmung. Fast ungläubig dachte sie an das, was sie gerade wie unter Trance miteinander gemacht hatten.

Sexuelle Leidenschaft war bis zu diesem Moment ein eher trauriges und deshalb verdrängtes Kapitel in Samanthas Leben gewesen.

Der erste Mann, mit dem sie geschlafen hatte, war ein eher unerfahrener Junge, ein Mitschüler, mit dem sie ein paar Jahre lang zusammen gewesen war. Dann hatte sie Charles getroffen und mit ihm war das Thema schon nach kurzer Zeit zu einer einzigen Belastung geworden.

Hätte sie auch nur einen einzigen Nachmittag wie diesen damals mit Charles erlebt gehabt, hätte sie sich möglicherweise nicht von ihm getrennt.

Aber das alles war nun Vergangenheit.

Ihre Gegenwart und vielleicht auch ihre Zukunft lagen gerade in diesem Augenblick ganz dicht hinter ihr und schmiegten sich an ihren Rücken: Michael.

Er war Samantha bei ihrem ersten Liebesspiel so nahe gekommen wie niemand vor ihm. Er vermochte es, sämtliche Gegensätze zu vereinen: Streng genommen war er ein Fremder und doch der einzige Mensch, bei dem sie sich voller Vertrauen fallen lassen konnte.

Ihre gemeinsame Leidenschaft war das Aufregendste, was Samantha je gefühlt hatte und zugleich die pure Romantik: Nichts hatte ihre Seele je mehr berührt und nichts hatte ihren Körper dabei mehr in Ekstase versetzt. Es war ein einziger Rausch gewesen und sie wollte niemals wieder nüchtern werden.

Michael hatte seine Nase in Samanthas Nacken vergraben und inhalierte schlafend ihren Duft, wobei er wohlige Laute von sich gab.

Sie drehte sich lächelnd zu ihm um und sah in sein Gesicht, das den Ausdruck vollkommenen Glücks widerspiegelte. Eine Träne lief langsam über ihre Wange herab, gerade in dem Moment, als Michael seine Augen öffnete.

»Aber warum? Warum weinst du? Ging es dir vielleicht zu schnell?«

Samantha schüttelte lächelnd den Kopf, doch Michael war besorgt: »War es doch nicht so schön für dich? Ich dachte ...«

Sie legte einen Finger auf seine Lippen und brachte ihn so zum Schweigen, während noch mehr Tränen aus ihren Augen flossen. Sie nahm sich ein Taschentuch vom Nachttisch und wischte sie ab.

»Es war einfach vollkommen«, flüsterte sie, »dies ist so ein Moment, den man festhalten möchte, damit man ihn nie wieder vergisst, das ganze Leben lang.«

Michael nickte nur stumm.

»So habe ich es noch nie erlebt. So ... so ...«

Sie suchte nach einem Wort. »So innig.«

»Ich auch nicht«, erwiderte er ernst, »es war ganz besonders. Ich wünschte, ich könnte es in Worte fassen, so wie du es kannst.«

Er umschloss sie noch fester mit seinen Armen, angelte mit einem Fuß nach der Decke, die inzwischen am unteren Ende des Bettes lag, und zog sie dann über sich und Samantha.

Sie blickten einander in die Augen und versanken darin wie in einem unergründlichen Bergsee.

Michael konnte ihr nun endlich erzählen, warum er damals sein Versprechen nicht hatte halten können und was bei ihm seit ihrer ersten Begegnung passiert war.

Und Samantha hatte jetzt auch endlich etwas von sich zu berichten: von ihrer neuen Arbeit, die wahrscheinlich auch der Grund dafür gewesen war, warum er sie telefonisch nie erreicht hatte.

»Es kommt mir verrückt vor«, sagte sie irgendwann völlig aufgekratzt.

»Wir kennen uns eigentlich kaum und doch bist du mir vertrauter und näher als irgendein Mensch sonst auf dieser Welt.«

»Ich weiß, was du meinst. Wenn du mich ansiehst, habe ich das Gefühl, du blickst auf den Grund meiner Seele und entdeckst dort Geheimnisse, die nicht mal ich selbst kenne.«

Michael lächelte kopfschüttelnd über seine eigenen Worte.

»Oh, dann lass mich doch mal genauer sehen!«, rief sie vergnügt und drückte ihn in die Rückenlage, um seine Augen einer gründlichen Inspektion zu unterziehen.

»Was haben wir denn da?«, verkündete sie kichernd.

»Ich sehe einen Kerl, der nichts anbrennen lässt, mit einem kräftigen Anflug von Bindungsangst ...«

»Na, so gut ist es wohl um deine hellseherischen Fähigkeiten doch nicht bestellt! *Ein Kerl, der nichts anbrennen lässt*«, äffte er sie lachend nach.

»Mich kannst du damit jedenfalls nicht meinen. Für so ein aufreibendes Hobby fehlt mir leider die Zeit.«

»Leider?«

Sie warf ihm ein Kissen ins Gesicht.

»Aber mit der Bindungsangst könntest du richtig liegen. Wobei ...«

Er wurde nachdenklich.

»Wobei was?«

»Wobei ich im Augenblick eigentlich nichts lieber täte, als dich zu heiraten und fünf Babys mit dir zu machen, jetzt wo wir endlich zusammengekommen sind«, antwortete er wie aus der Pistole geschossen.

Lautes, hörbares Schweigen.

Samantha war sich nicht sicher, ob sie selbst Wahrnehmungsstörungen hatte oder Michael ganz einfach verrückt war.

»Habe ich das jetzt wirklich gerade gesagt?«, fragte er überrascht, selbst an der Klarheit seines Verstandes zweifelnd.

»Ich bin mir nicht ganz sicher ... Es hörte sich an wie *heiraten* und *fünf Babys machen*, aber das kannst du nicht wirklich gemeint haben ...«

Sie sah ihn völlig entgeistert an.

»Du hast völlig Recht, das kann ich nicht wirklich gemeint haben. Das wäre ja total übergeschnappt! Nach so kurzer Zeit!«, entrüstete er sich und sie pflichtete ihm erleichtert bei.

Nach etwa einer Minute fing Michael wieder an:

»Aber ... es fühlt sich gut an, findest du nicht?«, sagte er und lächelte selig.

»Ich meine, nur die Vorstellung natürlich«, fügte er noch eilig hinzu, als er sah, wie Samanthas Gesichtszüge erneut zu entgleisen drohten.

»Stell es dir nur mal vor, wie es wäre, wenn wir fünf Kinder hätten ...«, sinnierte er und sah dabei glücklich aus. »So einen richtigen Stall voller Kinder wollte ich schon immer einmal haben.«

»Am besten gleich Fünflinge!«, schlug Samantha vor und lachte laut auf.

Sie war nicht bereit, sich diesem Szenario hinzugeben. Dieses Thema löste in ihr Beklemmungen aus und sie fühlte sich von ihrer Vergangenheit eingeholt.

»Vielleicht ja nicht alle auf einmal«, sagte er beruhigend und küsste sie zärtlich.

10

Im Morgengrauen blitzten erste zarte Sonnenstrahlen durch die noch vom Vortag halb geöffneten Vorhänge und zeichneten ihre Muster an die Zimmerdecke.

Ein wenig befangen erlebten Samantha und Michael ihren ersten gemeinsamen Morgen. Es war so viel zwischen ihnen passiert. Was andere Paare sich in Wochen und Monaten mühsam erarbeiteten, hatten sie beide in weniger als einem Tag wie durch einen Zeitraffer erlebt.

In der noch leicht feuchten, kühlen Luft tranken sie auf der Terrasse Tee mit Blick auf die sonnengewärmten Hügel der Umgebung und schwiegen.

Diese unheimlich anmutende Vertrautheit, die noch am Tag zuvor fast greifbar gewesen war, war jetzt, am Morgen danach, auf ernüchternde Weise verschwunden.

Wie das Katergefühl nach einer durchfeierten Nacht.

Samantha wollte der Situation die Peinlichkeit nehmen und einfach mit Michael ins Gespräch kommen. Sie wollte ihm sagen, dass sie bei dem, was zwischen ihnen beiden zaghaft heranwuchs, besser nichts übereilen sollten. Schließlich hatten sie alle Zeit der Welt.

»Michael, was du gestern … vielmehr heute Nacht …«, wollte sie vorsichtig beginnen, aber er unterbrach sie sofort: »Du brauchst nichts dazu zu sagen. Ich habe dich einfach überfahren. Das war wohl im Überschwang meiner Gefühle. Bitte verzeih mir!«

Nach kurzem Schweigen sagte sie leise: »Im Tageslicht sieht wohl manches wieder anders aus … realistischer eben.«

Sie klang traurig, obwohl sie in der Nacht noch ehrlich entsetzt über seine Gedanken gewesen war.

»Möglicherweise hast du mich falsch verstanden ...«, versuchte er zu erklären.

»Nein, ganz bestimmt nicht!«, fiel sie ihm betont sachlich ins Wort.

»Wer ist schon so naiv und nimmt unter solchen Umständen Andeutungen über Zukunftspläne ernst? Ich bestimmt nicht!«

Sie klang ein bisschen zickig und nicht sehr überzeugend. Samanthas Stimme hörte sich verletzt an und als wäre sie kurz davor zu weinen.

»Du hast mich nicht nur falsch verstanden, wir reden sogar völlig aneinander vorbei!«

»Offenbar verstehen wir uns eben doch nicht so gut, wie wir dachten.«

Sie brachte ein gequältes Lächeln zustande. Dann stand sie auf, ging ein paar Schritte die Terrasse entlang und blickte verloren in die Ferne, Michael den Rücken zugewandt.

Er kam ihr nach, packte sie zärtlich am Arm und drehte sie zu sich um. Da sah er, dass sie weinte, es ihm aber nicht hatte zeigen wollen.

»Samantha, mein Liebes, bitte sieh mich an und hör mir zu, bevor wir uns wegen dummer Missverständnisse noch entzweien!«

Sie gab nach, sah ihn aber nicht an, sondern blickte zu Boden.

»Ich habe das alles leider verdammt ernst gemeint und das macht mir jetzt richtig Angst. Ich weiß nicht, ob es mir mit irgendetwas oder irgendjemandem in meinem Leben schon einmal so ernst gewesen war, außer vielleicht mit meiner Arbeit. Obwohl mir das gestern nicht klar war, als ich es ausgesprochen habe. Das kam, wie man so sagt, aus meinem Bauch, aus meinen tiefsten Tiefen. Mit Verstand hatte das gar nichts zu tun. Der rebelliert nämlich und macht mir bittere Vorwürfe! Aber instinktiv spüre ich, dass alles richtig ist. Bitte, glaube mir, ich stehe selbst völlig neben mir und weiß nicht mehr, was richtig ist und was falsch.«

Sie hatte ihm aufmerksam zugehört und inzwischen aufgehört zu weinen.

Er nahm sie behutsam in seine Arme wie etwas leicht Zerbrechliches und fuhr fort: »Ich wollte mich vorhin bei dir nur für die Art und Weise entschuldigen, mit der ich dich förmlich überrollt habe. Aber mein Herz war gestern so voller Liebe in diesem Moment. Ich war der glücklichste Mann auf der Welt, weil du bei mir warst und dieses Gefühl war alles, was ich je gesucht habe. Ohne dieses Gefühl ist doch alles andere im Leben wertlos, findest du nicht, Samantha?«

Samantha sah ihn jetzt an mit einem zärtlichen Blick, der noch leicht mit Tränen verschleiert war. Sie war erleichtert. Für einen schrecklich langen Moment hatte sie befürchtet, dass ihre neue Liebe schon wieder vorbei sein würde, noch ehe sie richtig begonnen hatte.

»Michael, lass uns bitte vorsichtig sein, damit das, was zwischen uns gerade entsteht, nicht zerbricht«, bat sie ihn und er nickte. »So einfach ist das alles auch nicht. Es gibt so vieles, was du noch nicht von mir weißt. Eigentlich weißt du gar nichts von mir, außer dass ich noch die Ehefrau von Charles, Lord Cardington bin.«

»Allerdings ist mir das inzwischen bekannt!«

Er nickte.

»Am letzten Abend auf *Cardington Manor* hatte ich ein Foto von dir entdeckt. Das hat mich fast umgehauen! Charles, ich meine, dein Mann hat mir dann erzählt, dass du ihn verlassen hast und er sich aber trotzdem sicher ist, dass du zu ihm zurückkommen wirst. Und, wirst du das?«

Als Antwort schnaubte Samantha nur und schüttelte entschieden den Kopf.

»Ich weiß, ich hätte dich vielleicht vorwarnen sollen damals, zu wem du da gerade auf dem Weg warst, aber ich wusste ja zu diesem Zeitpunkt noch nicht, ob du dich überhaupt für mich interessierst. Und ich wollte auf keinen Fall riskieren, dass Charles erfährt, wo genau ich wohne.«

»Ich verstehe. Keine Sorge, ich habe ihm gegenüber nichts von unserer Begegnung erwähnt.«

»Hat Charles dir auch erzählt, warum ich mich von ihm getrennt habe?«

»Nein. So nahe standen wir uns nicht. Aber möchtest du es mir vielleicht erzählen?«

Sie setzten sich wieder auf die Bank und Samantha begann. Michael hörte ihr aufmerksam zu.

Als sie geendet hatte, war er ehrlich betroffen.

»Dass er dich wegen eines Kindes so sehr unter Druck gesetzt hat, wusste ich nicht.«

Er fuhr sich durchs Haar.

»Mein Gott, wie musst du dir nur vorgekommen sein, als ich heute Nacht gleich von Heirat und fünf Kindern gesprochen habe! Bitte verzeih mir, aber ich wusste es wirklich nicht.«

Samantha sagte nichts, aber sie lächelte ihn an.

»Ich hatte einfach das Gefühl, ich könnte die ganze Welt umarmen. Ich war überwältigt von der Liebe, die du in mir entfachst. Ebenso gut hätte ich dir ein Dutzend Kinder vorschlagen können.«

Samantha machte sichtlich amüsiert große Augen.

»Ich denke, ich wollte damit einfach zum Ausdruck bringen, wie sehr und mit welcher Konsequenz ich dich will. Dich und alles, was zu dir gehört oder mit dir zu tun hat.«

Er nahm ihre Hand, rieb sie sanft an seiner Wange und küsste ihre Handfläche.

»Verstehst du, was ich dir sagen will?«

Sie nickte.

»Bis vor einem Jahr oder so, war ich vier Jahre lang mit einer Frau zusammen. Eigentlich hatten wir uns prima verstanden. Es gab aber immer dann Stress, wenn unser Gespräch auf das Thema *Heiraten* oder *Kinderkriegen* kam. Sie wollte sofort heiraten und ein Baby, ich aber wollte erst einmal meine Firma aufbauen. Sie war dann total sauer und warf mir immer vor, ich würde sie nicht genug lieben, nicht zu ihr stehen und mir viel zu wenig Zeit für sie nehmen.«

»Und wie ist die Beziehung dann zerbrochen?«

»Sie ist damals immer öfter allein ausgegangen, weil ich meistens keine Zeit hatte. Dabei hat sie jemanden kennengelernt, der ihr das Blaue vom Himmel versprochen hat. Und wenn sie nicht gestorben sind ... Schon allein wegen dieser Geschichte stehe ich völlig neben mir, Samantha! Ich kann nicht glauben, worüber wir uns hier schon Gedanken machen!«

In Samanthas Augen standen erneut Tränen, als sie eindringlich erwiderte: »Bitte, Michael, verrenne dich nicht in etwas! Du musst damit rechnen, dass ich höchstwahrscheinlich niemals Kinder bekommen werde.«

»Na, und wenn schon!«, sagte er ungerührt.

»Ich will dich mit oder ohne Kinder. Wenn es nicht sein soll, dann halt nicht! Man muss nicht unbedingt Kinder zeugen oder gebären, um ihnen ein Heim geben zu können. Dann werden wir eben aus deinem Waisenhaus ein paar adoptieren. Ich bin kein Mensch, der Dinge erzwingen will, denn meistens bekommt man diese Dinge wirklich, nur um dann festzustellen, dass sie einem kein Glück bringen.«

»Dann sind wir uns ja einig.«

Sie schmiegte sich zärtlich an ihn.

»Ich bin froh, dass wir diesen Punkt klargestellt haben. Vorhin dachte ich, wir hätten uns ineinander getäuscht. Das hat so schrecklich weh getan. Es fühlte sich an, als hätte mir jemand den Boden unter den Füßen weggezogen. Und das nach so kurzer, intensiver Zeit. Michael, es macht mir auch ganz schön Angst, wie schnell das alles mit uns geht.«

Er nahm sie noch fester in die Arme und streichelte ihren Rücken.

»Erst war ich wochenlang unglücklich verliebt, weil ich mich so auf dich gefreut hatte, du aber nicht gekommen warst. Ich dachte, wir würden uns niemals wieder sehen, weil deine weiblichen Auftraggeber wahrscheinlich Schlange stehen. Und als ich dich mir endlich aus dem Herzen gerissen hatte – was nicht leicht war, – stehst du plötzlich vor mir und lässt dich öffentlich von Hazel McGregor küssen, um zwölf Stunden später vom Heiraten und Kinderkriegen zu sprechen. Mein Verstand sagt mir, das ist der pure Wahnsinn!«

»Und dein Herz? ... Was sagt dein Herz?«

»Es sagt ...«, sie stockte und fühlte in sich hinein, »es sagt, dass das schon alles ganz richtig ist, so wie es ist.«

Am Montagmorgen um sechs Uhr holperten zwei Wagen die Stoney Lane hinunter.

Michael fuhr schweren Herzens nach London zurück und Samantha musste sich sehr beeilen, um pünktlich im Kinderheim zu erscheinen. Unten angekommen, suchten sich abermals ihre verliebten Blicke.

Michael warf ihr einen letzten Kuss durch sein geöffnetes Seitenfenster zu. Er wartete, bis sie losgefahren war, dann setzte er den Blinker und machte sich auf den Weg nach London.

Sie hatten verabredet, sich am kommenden Wochenende wiederzusehen. Während der Woche wollten sie abends telefonieren. An der Richtigkeit des Telefonanschlusses bestand nun auch kein Zweifel mehr. Und sie hatten ihre Handynummern getauscht, damit sie sich jederzeit erreichen konnten.

Seit es Michaels Liebe in ihrem Leben gab, ging Samantha die Arbeit noch müheloser von der Hand. Er war in ihrem Herzen und in ihren Gedanken immer bei ihr. Wenn sie sich unbeobachtet fühlte, schweiften ihre Gedanken sofort ab zu ihm und sie lächelte glücklich vor sich hin.

Roberta Gilchrist bemerkte diese Veränderung, amüsierte sich im Stillen darüber, sagte jedoch nichts.

Samantha verbrachte in ihrem Inneren jeden Tag damit, sich auf den Abend zu freuen, weil sie dann mit Michael telefonieren würde. Und wenn sie endlich die Haustüre aufgeschlossen hatte, klingelte meistens schon kurz danach der Apparat.

So verbrachten sie viele Stunden miteinander verbunden, seufzten verliebt in den Hörer und tauschten sich über den vergangenen Tag aus.

»Du ahnst nicht, was hier los ist! Ich habe Gestaltungsaufträge, die mich bis zum Rentenalter versorgen und gleichzeitig sollte ich am besten den ganzen Tag in der Redaktion verbringen.«

»Sind das alles Reaktionen auf die Reportagen über deine Arbeit?«

»Ja, unglaublich, nicht wahr? Als ich am Montagmorgen nach Hause gekommen bin, konnte meine Mailbox keine Nachrichten mehr aufnehmen und vor meiner Haustür lag ein Postsack voll mit Briefen, weil mein Briefkasten dafür nicht ausreichte.«

»Aber Michael, das ist ja wunderbar! Da kannst du wirklich sehr stolz sein!«

»Na, ja ...«, wehrte er verlegen ab.

»Ich bin es jedenfalls. Ich finde deine Arbeit großartig.« Und noch zärtlicher fügte sie hinzu: »Ich finde dich großartig.«

»Ich danke dir, Sammy, mein Liebes. Deine Liebe tut mir so gut. Eigentlich kann ich meinen Erfolg und das alles erst so richtig genießen, seit es dich in meinem Leben gibt. Seit wir zusammen sind, hat das Ganze erst einen Sinn.«

Sie schnurrte in den Hörer: »Schade, dass du gerade so weit weg bist.«

»Ja, das ist es. Ich würde alles dafür geben, um jetzt bei dir sein zu können. Ich hatte auch schon überlegt, wie ich es drehen könnte, während der Woche für einen Abend und die Nacht zu dir zu kommen, aber das ist im Moment nicht zu schaffen.«

»Andererseits hast du doch für genau dieses Ergebnis so lange und so hart gearbeitet und kannst jetzt endlich deine wohlverdiente Ernte einfahren.«

»Ich will mich ja auch gar nicht beschweren, es wird mir nur irgendwie alles zu viel. Ich verliere gerade den Überblick, verstehst du? Kennst du den Ausspruch *Das Leben ist wie eine Ketchup-Flasche?*«

»Wie bitte? Nein, bis jetzt nicht.«

»Naja, zuerst kommt gar nichts – und dann alles auf einmal!«

Samantha lachte und er fuhr fort: »Bis vor Kurzem gab es in meinem Leben wenig Liebe und nur wenige Aufträge. Jetzt gibt es dich und ich könnte den ganzen Tag nur damit verbringen, an dich zu denken. Was ich leider nicht kann, denn mit meiner Arbeit könnte und sollte ich im Augenblick an hundert Orten gleichzeitig sein.«

»Ja, und ganz besonders hier bei mir«, warf sie sehnsüchtig ein.

»Ich werde sehen, was sich machen lässt.«

Und ganz leise fügte er hinzu: »Ich rufe dich an, sobald ich weiß, wann ich kommen kann. Du fehlst mir so sehr, dass mir schon alles weh tut.«

Sie verabschiedeten sich zärtlich voneinander und legten schließlich auf.

In den nächsten Tagen und Wochen arbeitete sich Michael durch seine Post und die neuen Aufträge, unterbrochen von viel zu kurzen Wochenenden voller Leidenschaft, Liebe und tiefem Verstehen.

Gerade so, als wären sie schon seit ewigen Zeiten ein Paar gewesen.

Samantha war immer wieder überrascht, wie gut ihr die Arbeit im Waisenhaus tat. Sie wusste wieder, wer sie war und was sie alles konnte.

Michael besuchte sie in ihrem Häuschen und blieb über Nacht, wann immer er es einrichten konnte.

In diesen Nächten bekam Samantha meistens zu wenig Schlaf und morgens war sie dann kaum wach zu bekommen, was Michael beunruhigte, weil sie mit der Zeit eine chronische Erschöpfung entwickelte.

»Mir geht es doch ansonsten prima! Mein Beruf ist einfach sehr anstrengend. Jeden Morgen um fünf Uhr aufstehen und den ganzen Tag mit so vielen Kindern verbringen, ununterbrochen im Einsatz sein, selbst beim Essen ... Da ist es kein Wunder, wenn man einen Mangel an Energie bekommt. Roberta geht es doch genau so. Ich müsste wahrscheinlich nur viel mehr schlafen, um diese vielen Wochen auszugleichen. Vielleicht mal einen ganzen Monat lang«, sagte sie zwinkernd zu Michael, um ihn zu beruhigen.

Doch er bat sie, trotzdem einen Internisten aufzusuchen, zumal sie auch immer häufiger über Schwindelanfälle klagte.

Oberschwester Roberta, die von Samantha nach einer entsprechenden Adresse gefragt wurde, musterte sie kurz und meinte nur trocken: »Ein Internist ist hier wohl fehl am Platz. Was Sie brauchen, Kindchen, ist ein Frauenarzt und in ungefähr vierunddreißig Wochen eine Hebamme, wie zum Beispiel Mrs Norton. Die kann ich wirklich empfehlen.«

»Was sagen Sie da?«

Samantha, deren Teint aufgrund ihrer Müdigkeit schon nicht gerade rosig gewesen war, erblasste noch mehr. Instinktiv griff sie nach der nächsten Stuhllehne.

»Sie meinen, dass ich ...?«

Der Anflug eines scheuen Lächelns huschte über ihr Gesicht.

»Aber das kann doch gar nicht ...«

Ihre Augen füllten sich mit Tränen, als sie sich eingestand, dass Roberta Recht haben musste: So seltsam und gleichzeitig so wohl hatte sie sich in ihrem ganzen Leben noch nie gefühlt. Also bat sie die Oberschwester um die Adresse eines Gynäkologen und nahm sich am Nachmittag eine Stunde frei.

Die Praxis war ganz in der Nähe. Obwohl sie sich kaum auf den Beinen halten konnte, beschloss sie, zu Fuß hinzugehen, um noch ein wenig Zeit zum Nachdenken zu haben. Zu viele Fragen schossen ihr nun unaufhörlich durch den Kopf:

Wie Michael auf diese Nachricht reagieren würde und ob er immer noch so begeistert wäre, wenn es wirklich ernst würde.

Wie ihre sehr junge Beziehung eine Schwangerschaft, beziehungsweise ein Kind überhaupt verkraften würde –

sie hatten doch selbst kaum Zeit gehabt, um als Paar zu-
sammenzuwachsen.

Wie lange sie noch würde arbeiten können und wie es
Roberta ergehen würde, wenn sie es nicht mehr könnte.

Und nicht zuletzt: wie sie das alles nur Charles beibringen sollte!

Ohne dass es ihr bewusst gewesen war, hatte Samantha
inzwischen vier Straßen überquert und stand plötzlich vor
9, Brewer Street.

Dr. Geoffrey Andrews, Gynäkologe

stand auf einem weißen, altmodischen Emaille-Schild.

Dr. Andrews war ein älterer Herr mit Nickelbrille und
Halbglatze. Die Erfahrung, die er ausstrahlte, erweckte
Samanthas Vertrauen und sie begann, sich zu entspannen.
Während der Untersuchung musste sie an die vielen Male
denken, in denen sie diese Prozedur schon über sich hatte
ergehen lassen müssen.

Das Ergebnis ließ nur etwa zehn Minuten auf sich warten, doch es kam ihr so vor, als hätte Dr. Andrews Stunden dafür benötigt und das Warten war ihr unerträglich
geworden.

Als er endlich aus dem Labor zurückkam, konnte sie
ihren Herzschlag im ganzen Körper spüren. Vor Aufregung wagte sie nicht, ihn anzusehen. Wenn sie es doch
getan hätte, hätte sie ein Lächeln bemerkt, mit dem er ihr
seine Diagnose mitteilte.

»Mrs Whitfield, ich freue mich für Sie und darf Ihnen
und Ihrem Gatten auf das Herzlichste gratulieren!«

Diese Nachricht traf Samantha wie ein Blitzschlag.

Es stimmte also!

Jetzt hatte sie Gewissheit: Sie erwartete ein Kind!

Sie war also fruchtbar, war es die ganze Zeit gewesen! Und mit Michael war es ganz einfach passiert. Ohne Zwang und ohne Druck.

»Mrs Whitfield?«

Dr. Andrews war zu ihr herüber gekommen und berührte sie sacht am Arm.

Doch sie konnte kein Wort herausbringen. In ihrem Hals befand sich ein dicker Kummerkloß, der eben im Begriff war, sich in Tausenden von Tränen aufzulösen. Verwirrt nahm sie ihre Handtasche und machte Anstalten zu gehen. An der Tür blieb sie doch noch einmal stehen und warf Dr. Andrews einen dankbaren Blick zu, während ihr die Tränen nur so herunterliefen. Dieser Arzt konnte nicht wissen, vor wie vielen seiner Kollegen sie gestanden, beziehungsweise gelegen hatte, um genau diese Worte zu hören. Und wie enttäuscht sie jedes Mal nach Hause gefahren war, ganz zu schweigen von den darauffolgenden Gesprächen mit Charles.

Ohne ein Wort zu sagen, ging sie noch einmal zu ihm hin, nahm seine rechte Hand in ihre beiden Hände, drückte sie mehrmals sanft mit stummem Dank und verließ dann die Praxis.

Als Dr. Andrews ihr lächelnd nachblickte, sah er, wie sie aufgeregt in ihrer Handtasche kramte.

Er vermutete, sie suchte Taschentücher, doch es war ein kleines silberfarbenes Etwas, auf dem sie hektisch herumdrückte und das sie sich anschließend ans Ohr hielt.

»Michael?«, schrie Samantha weinend in ihr Mobiltelefon.

»Um Gottes willen, Liebes, was ist denn los?«, fragte Michael erschrocken, in Erwartung einer Katastrophe. Um diese Uhrzeit hatte sie ihn doch noch nie angerufen.

War sie denn nicht im Kinderheim?

Samantha konnte jetzt nur noch schluchzen.

»Samantha!« Michael bekam es mit der Angst zu tun. Neben ihm stand in diesem Moment ein Mr Phillips aus Portsmouth, der ihm soeben einen äußerst lukrativen Auftrag in Aussicht gestellt hatte.

»Ich war beim Arzt«, stammelte sie endlich.

»Und? Was hat er herausgefunden? Bist du ernstlich krank?«, entfuhr es Michael, der sich inzwischen ein paar Meter von seinem Kunden entfernt hatte, um ungestört sprechen zu können. Doch er erhielt keine Antwort.

»Sammy, was hat die Untersuchung denn ergeben? Wo bist du?«

Er fürchtete seinen Verstand zu verlieren, wenn er nicht endlich erfuhr, was los war. Nie hatte er deutlicher gefühlt, wie viel Samantha ihm bedeutete. Er wusste, was auch immer es war, er würde ihr beistehen. Wenn sie nur endlich damit herausrückte! Und das tat sie dann:

»Michael ... Ich kann doch Babys bekommen.«

»Liebes, das ist ja wundervoll! Das ist wirklich eine tolle Neuigkeit!«

Freude und Erleichterung machten sich in ihm breit und er fügte noch lächelnd hinzu: »Morgen Abend, wenn wir uns sehen, könnten wir ja unverzüglich mit der Familienplanung beginnen, was hältst du davon?«

Samantha hatte sich inzwischen etwas beruhigt und sich die Nase geputzt.

»Du verstehst mich nicht richtig. Vielleicht habe ich mich nicht richtig ausgedrückt. Wir haben schon damit begonnen.«

»Das musst du mir jetzt erklären.«

Michael verstand noch immer nicht.

»Na, es ist schon etwas unterwegs«, sagte sie schließlich zaghaft.

Michael schrie nun in den Hörer: »Du meinst, wir bekommen ein Baby?«

Mr Philipps aus Portsmouth, der trotz der Entfernung unfreiwillig mitgehört hatte, musste lächeln.

»Ja. Ich kann es selbst noch nicht glauben«, flüsterte sie.

Ein durchdringender Freudenschrei, der ihr ins Ohr gellte, veranlasste sie, ihr Telefon auf Abstand zu halten.

»Wir bekommen ein Kind!«, hörte sie Michael laut in die Welt hinaus posaunen.

Schließlich sagte er, ebenfalls unter Tränen, leise zu ihr: »Danke, dass du mich gleich angerufen hast, mein Liebling. Etwas Schöneres hättest du mir nicht sagen können.«

»Ich liebe dich so sehr, Michael! Ich würde jetzt am liebsten in den Hörer kriechen, um bei dir zu sein.«

»Morgen Abend ...«

Als Schwester Roberta ihr von Herzen gratuliert hatte, versicherte ihr Samantha, dass sie so lange im *St. Mary* arbeiten würde, wie es ihr nur irgendwie möglich wäre.

»Bitte glauben Sie mir, das war in keiner Weise geplant. Ich bin doch davon ausgegangen, dass ich unfruchtbar bin. Was hätte ich auch sonst denken sollen nach den jahrelangen, vergeblichen Versuchen?«

»Vielleicht, dass es damals nur nicht der richtige Mann gewesen ist«, gab die Oberschwester zu bedenken.

»Ganz gewiss war er das nicht. Unsere Ehe ist schließlich daran gescheitert, dass ich keine Kinder bekommen konnte ... mit ihm keine bekommen konnte«, verbesserte sie sich lächelnd und fühlte, wie sich ein warmes Gefühl in ihr ausbreitete, als sie an Michael dachte.

»Den Vater meines Babys kenne ich erst sehr kurze Zeit. Wir sind auch noch nicht verheiratet, aber mit ihm fühlt es sich so an, als wäre es für die Ewigkeit.«

»Ja, und wenn der Allmächtige dann auch noch seinen Segen dazugibt, ist das ja wohl ein Zeichen. Besonders in

Ihrem Fall. Ich freue mich aufrichtig für Sie, Samantha! Auch wenn das für mich bedeutet, dass ich bald auf Sie werde verzichten müssen.«

Samantha fiel ihr erleichtert um den Hals.

So oder so ähnlich hätte sich dieser Moment wohl auch mit ihrer Mutter angefühlt.

11

Michael war wie versprochen am nächsten Abend nach Samanthas Dienstschluss gekommen. Er hatte einen großen Korb dabei, dessen Inhalt er Samantha erst zeigen wollte, wenn sie gemeinsam auf dem Sofa Platz genommen hatten.

Sie beeilte sich beim Frischmachen im Badezimmer, denn sie platzte schier vor Neugierde. Schon zwei Mal hatte sie vergeblich versucht, unter das Tuch zu spähen, das Michaels Schätze verbarg – und jedes Mal von ihm einen Klaps auf die Finger bekommen.

Als sie dann endlich zusammen auf dem Sofa saßen, zog Michael feierlich eine Flasche Champagner heraus.

»Das ist ein Geschenk an uns beide von einem neuen Kunden, der gestern zufällig bei mir war, als du mich angerufen hast.«

Er holte zwei Sektgläser aus der Küche, öffnete die Flasche mit einem leisen Knall und schenkte ein.

»Ich denke, einen winzigen Schluck kannst du dir in deinem Zustand schon genehmigen.«

»In meinem Zustand!«, wiederholte sie kichernd.

Sie stießen auf das Wohl und das Leben ihres Babys an. Und auf ihre Liebe.

Er nahm ihre Hand und küsste sie sanft.

Samantha verschwand kurz in die Küche und kam mit einer Flasche Mineralwasser zurück. Sie schenkte sich etwas davon ein und setzte sich wieder.

Wie ein Zauberer, der ein Kaninchen aus dem Hut zieht, holte Michael noch ein großes Glas mit Essiggurken heraus und stellte es grinsend auf den Couchtisch.

Samantha stutzte und hob fragend eine Augenbraue.

»Dein Grundnahrungsmittel für die nächsten Monate! Ich habe die Jahresernte aufgekauft«, scherzte er.

Sie lachte und öffnete das Glas sofort.

Gemeinsam griffen sie hinein und aßen saure Gurken aus der Hand.

Für einen kurzen Moment dachte Samantha an Charles und daran, ob diese Situation mit ihm wohl auch so romantisch verlaufen wäre. Sie konnte sich eher vorstellen, dass er sie mit teuren Geschenken nur so überhäuft hätte: Was ein echter Cardington eben getan hätte, um die Zuchtstute zu belohnen, die ihm geholfen hatte, dem Ruf seiner Familie zu entsprechen.

Dann begannen sie, sich Gedanken darüber zu machen, wie ihr gemeinsames Leben aussehen könnte und wo sie leben würden.

Sie waren sich darüber einig, dass sie eine ländliche Umgebung zum Wohnen einer Stadt wie London vorzogen. Michael würde weiterhin viel herumfahren müssen, aber das war bei ihm ohnehin an der Tagesordnung.

Michael griff erneut in den Korb und holte vorsichtig ein längliches Paket heraus, das in dunkelgrünes Seidenpapier gewickelt war. Behutsam legte er es Samantha auf den Schoß, die es sogleich auspackte.

Zum Vorschein kamen drei Rosen: zwei dunkelrote langstielige und eine kürzere mit zartrosa Blütenblättern; die kürzere sah aus wie eine verwunschene Prinzessin.

Samantha war hingerissen von diesem Geschenk.

»Oh, was für eine süße Idee von dir!«

»Ich weiß, es gehört sich nicht, diese Frage an eine verheiratete Frau zu richten«, begann Michael und erhob sich, um sich gleich darauf vor Samantha hinzuknien.

»Aber du würdest mich zum glücklichsten Mann der ganzen Welt machen, wenn du mich heiraten würdest ... Möchtest du meine Frau werden, Sammy?«

Samantha standen die Tränen in den Augen.

Sie schmiegte ihr Gesicht an seinen Hals.

»Natürlich möchte ich ... nichts lieber ...«

Sie besiegelten ihre Verlobung mit einem langen, innigen Kuss und die Welt um sie herum schien nicht länger zu existieren.

Als sie nach einer gefühlten Ewigkeit in die Gegenwart zurückgekehrt waren, seufzte Samantha plötzlich wie unter einer Zentnerlast.

»Jetzt werde ich wohl endlich mit Charles reden müssen. Du ahnst nicht, wie lange ich das schon vor mir herschiebe. Eigentlich würde ich das lieber am Telefon hinter mich bringen, aber ich denke, ich sollte vielleicht besser zu ihm hinfahren.«

»Vielleicht sollten wir das lieber gemeinsam tun«, entgegnete Michael und nach einer kurzen Überlegung sagte er schließlich entschieden: »Ich möchte auf keinen Fall, dass du alleine zu ihm fährst! Wer weiß, wozu er in dieser Situation imstande wäre.«

Samantha ließ sich daraufhin erleichtert in die Rückenlehne ihres Sofas sinken. Nach langer Zeit fühlte sie sich wieder beschützt und das tat ihr unendlich gut.

»Ja, das ist sicher richtig. Wenn wir beide vor ihm stehen, wird er sich möglicherweise seine Machtspielchen eher verkneifen, als wenn ich alleine käme.«

»Weißt du, Sammy, ich kann ihn sogar ein bisschen verstehen. Wer trennt sich schon leicht von dir? An seiner Stelle würde ich auch mit allen mir zur Verfügung stehenden Mitteln kämpfen, um deine Liebe zurückzuerobern.«

»Das wäre ja auch in Ordnung gewesen, nur leider hat er das nicht getan. Er wollte mich als seinen rechtmäßigen Besitz zurückhaben, verstehst du? An meine Liebe dachte er dabei weniger. Es ging ihm einzig und allein darum, den äußeren Schein zu wahren.«

»Tust du ihm da jetzt nicht ein bisschen Unrecht? So schrecklich, wie du ihn darstellst, kann er doch gar nicht sein. Hättest du ihn sonst geheiratet?«, beschwichtigte Michael.

»Heißt das, du glaubst mir nicht? Wenn ich auch nur geahnt hätte, wie er sich entpuppen würde, hätte ich ihn ganz sicher nicht geheiratet!«, warf sie trotzig zurück.

»Ich bin mir sicher, dass er dich wirklich geliebt hat und es wahrscheinlich noch immer tut.«

»So? Bist du das?«, funkelte sie angriffslustig.

»Dummerweise hat er mir das nicht mehr gezeigt seit unserem ersten Hochzeitstag. Seitdem interessierte ihn nur noch *schwanger* oder *nicht schwanger*! Ein tolles Gefühl, das kannst du mir glauben!«

»Ich möchte ihn jetzt wirklich nicht verteidigen, Sammy, aber ein Mann seines Standes hat doch bereits gewissermaßen in seinen Genen verankert, dass die gesellschaftliche Stellung seiner Familie für ihn an erster Stelle stehen muss. Und wer sich freiwillig darauf einlässt, übernimmt diese Regel unausgesprochen für sein Leben mit.«

»Heißt das, du findest, dass ich mich nicht scheiden lassen, sondern zu ihm zurückkehren sollte?«

Samanthas Stimme überschlug sich fast.

»Auf welcher Seite stehst du eigentlich? Hat er dich nun auch schon herumgekriegt mit seiner Gehirnwäsche, so wie auf *Cardington Manor* jeder nach seiner Pfeife tanzt?«

»Jetzt beruhige dich doch wieder! Davon kann doch überhaupt keine Rede sein! Natürlich stehe ich auf deiner Seite und natürlich finde ich nicht, dass du zu ihm zurückkehren solltest! Ich denke nur, dir war damals noch nicht klar, worauf du dich eingelassen hattest. Für solch eine Vorgehensweise bist du einfach nicht geschaffen. Dafür muss man geboren sein. Wer stellt schon sonst seinen Familienkodex über das eigene Glück?«

Er nahm sie in seine Arme und hielt sie eine Weile fest, bis ihr Widerstand nicht mehr zu spüren war.

»Charles' Mutter war damals alles andere als begeistert von unseren Heiratsplänen, eben weil ich eine Bürgerliche bin. Und sie hat schließlich Recht behalten, wenn auch aus anderen Gründen, als ich gedacht hatte. Ich hatte damals den Eindruck, ich wäre ihr nur nicht gut genug. Aber wahrscheinlich waren es genau die Gründe, die du vorhin genannt hast, warum sie gegen mich war.«

»Na, dann wird deine liebe Schwiegermama ja inzwischen triumphiert haben.«

»Nein, das kann sie nicht mehr. Sie ist schon vor einigen Jahren gestorben.«

»Oh, das tut mir leid ... Und Charles' Vater?«

»Den habe ich nie kennengelernt. Der ist auch lange unter der Erde. Schon seit Charles ein kleiner Junge war.«

»Nach meiner Erfahrung merken die Familie oder Außenstehende oft viel früher als das Paar selbst, wer zusammenpasst und wer nicht.«

»Tja ... Meine Familie hat das jedenfalls nicht gemerkt. Meine Mutter war regelrecht vernarrt in Charles und ganz versessen darauf, dass ich Lady Cardington werde. Stell' dir nur vor, was ihre Freundinnen aus dem Bridgeclub dazu gesagt hätten!«

Sie schüttelte lachend den Kopf und Michael schmunzelte.

»Früher war ich traurig, dass meine Eltern das alles nicht mehr erlebt haben. Aber heute bin ich froh darüber. Es hätte ihnen sicher das Herz gebrochen, dass sich ihre einzige Tochter wieder scheiden lässt, noch dazu von einem Lord ... Mir war sein Titel immer egal gewesen. Für mich zählte nur er, dass er mich liebte und zu mir stand.

Zumindest dachte ich damals, dass er das tut. Sein Drang, mich gegen jeden Widerstand zu heiraten, war bestimmt auch zum Teil eine Trotzreaktion auf den Gegendruck seiner Mutter.«

Nach einer Weile resümierte sie bekümmert: »Irgendwie ist das doch alles sehr traurig, findest du nicht? Eine Heirat aus falschen Motiven ...«

Michael tröstete sie, indem er sie sanft hin und her wiegte.

»Ich kann dir das sehr gut nachfühlen, Sammy. Es tut einfach verdammt weh, wenn eine Beziehung scheitert, auch wenn man erkennt, dass man letztlich wohl nicht füreinander bestimmt war. Das ist wie ein privater Konkurs. Man hat Jahre seines Lebens in den Sand gesetzt, obwohl man natürlich auch Erfahrungen gewonnen hat.«

Sie nickte und er fuhr fort: »Versteh mich jetzt bitte nicht wieder falsch, aber für mich ist es das größte Glück, dass es so zwischen Dir und Charles steht. Ich stelle mir gerade vor, ich hätte mich in dich verliebt, doch du würdest meine Liebe niemals erwidern können, weil du mit Leib und Seele Lady Cardington wärst. Charles' Frau! Nicht auszudenken!«

»Du hast ja Recht. Für mich ist es so auch das größte Glück. Ich würde auch nicht gerne mit deiner Verflossenen um dich buhlen müssen.«

Sie lachte. »Ich habe mich nur noch nicht daran gewöhnt, so glücklich zu sein.«

Aber das Problem mit der Scheidung war noch immer nicht gelöst.

Sie waren sich einig darüber, dass der Zeitpunkt, um darauf zu bestehen, niemals günstiger war. Die Neuigkeit, dass sie ein Kind erwartete, veränderte Samanthas Position Charles gegenüber entscheidend und erhöhte die Dringlichkeit der Scheidung drastisch. Sie versuchten sich vorzustellen, wie Charles reagieren würde, wenn er von der Schwangerschaft erfuhr und beschlossen, am nächsten Sonntag gemeinsam nach *Cardington Manor* zu fahren.

Doch im Laufe des Gesprächs überkamen Michael Zweifel: »Wird das nicht ein zu großer Schock für ihn werden?«

»Was genau meinst du? Dass ich niemals zu ihm zurückkehren werde? Dass ich die Scheidung will? Dass ich ein Kind erwarte, was immer sein größter Wunsch war? Oder dass du der Vater bist? Du, dem er eine Vertrauensstellung par excellence angeboten hatte.«

»Genau das meine ich. Jeder Grund für sich wäre schon ausreichend, um einen halbwegs empfindsamen Menschen zu erschüttern. Aber alles zusammen? Das haut den doch glatt um! Also mich würde das umhauen.«

Michael ging Charles' Situation wirklich unter die Haut, zumal er ja genau wusste, um was für eine Frau es ging.

Sie kamen überein, dass es doch besser wäre, wenn Samantha einen Brief schreiben würde, zunächst nur wegen der Scheidung. Möglicherweise war es gar nicht nötig, Charles durch weitere Einzelheiten zu verletzen und er würde auch so einwilligen. Die distanzierte Briefform schien ihnen in jedem Fall passender als ein Telefonat, damit bei Charles keine Hoffnungen geweckt würden, die er vielleicht schon begraben hatte.

Also schrieb sie ihm am nächsten Tag, dass sie nach *reiflichster Überlegung und Überprüfung ihrer Gefühle* nun genau wüsste, dass sie *unter keinen Umständen jemals zu ihm zurückkehren* würde. Und aus diesem Wissen heraus würde sie ihn höflichst und in aller Form um seine Einwilligung in die Scheidung bitten. Außerdem dankte sie ihm noch für die gemeinsamen Jahre und bereits im Voraus für sein Verständnis, die Scheidung betreffend.

Sie gab ihm zudem noch ihre Telefonnummer, damit er sie zur Terminabsprache erreichen konnte.

Zufrieden betrachtete sie das Geschriebene wie ein literarisches Meisterwerk und brachte es sofort zum Postamt in Lamberhurst.

Frühestens in drei bis vier Tagen könnte sie mit einer Reaktion rechnen.

Obgleich es viel zu früh dafür war, fuhr sie schon am nächsten Tag zu ihrem Postfach, das natürlich noch keine Nachricht von Charles enthielt. Und auch die folgenden Tage nicht. Jedes Telefonklingeln, ob im Waisenhaus oder daheim, ließ Samantha aufschrecken. Am Ende des sechsten Tages war sie ein reines Nervenbündel. Sie aß, trank und schlief kaum während dieser Zeit. Schon wieder demonstrierte ihr Charles seine Macht, indem er sie warten ließ. Wenn sie ihn schon nicht mehr als Ehemann wollte, so versuchte er offenbar, wenigstens der spitze Stein in ihrem Schuh zu sein.

12

Obwohl Samantha sich eingehend auf die bevorstehende Auseinandersetzung mit Charles vorbereitet hatte, traf sie sein Anruf ziemlich überraschend.

Es war an einem Abend, sie war gerade von der Arbeit zurückgekehrt und stand unter der Dusche, den Kopf voller Seifenschaum, als das Telefon läutete.

Sie stieg aus der Wanne, tupfte sich notdürftig das rechte Ohr trocken und meldete sich in der Erwartung, Michaels Stimme zu hören. Sie wollte ihn nur schnell auf zehn Minuten später vertrösten, bis sie zu Ende geduscht hätte.

Doch es war nicht Michael.

Eine kleine Weile schien die Leitung tot zu sein. Dann endlich war etwas zu hören: zunächst ein tiefer Atemzug, danach ein Räuspern.

»Guten Abend, Samantha, ich bin es, Charles.«

Wieder ein Räuspern.

Samantha bemühte sich unbekümmert zu klingen, was ihr auch halbwegs gelang.

»Oh ... hallo, Charles! Nett, dass du mich anrufst! Offenbar hast du meinen Brief schon bekommen. Das ging aber schnell!«

»Störe ich dich gerade?«, fragte er höflich.

Auf dem Dielenboden neben Samanthas Füßen hatte sich bereits eine kleine Pfütze gebildet und das Seifenwasser aus ihrem Haar lief ihr in die Augen und brannte.

Es hätte für sie – weiß Gott – viele günstigere Gelegenheiten für das Gespräch mit Charles gegeben als diese. Die Versuchung war groß, es auf einen anderen Zeitpunkt zu verschieben, um die Unannehmlichkeit noch ein wenig hinauszuzögern.

Doch nun war der Moment gekommen, den Stier bei den Hörnern zu packen. Das neue Leben in ihrem Bauch wuchs heran und es gab keine Zeit mehr zu verlieren. Daher log sie in einem lockeren, ungezwungenen Tonfall: »Nein. Im Gegenteil.«

Sie schlang sich ein Handtuch um ihren nassen Kopf.

»Es ist lange her, dass ich deine Stimme gehört habe, Samantha.«

Dem Schmelz in seiner Stimme war deutlich anzuhören, wie sehr er noch an ihr hing.

Sie dagegen bemühte sich um größtmögliche Sachlichkeit: »Du hast Recht. Es sind doch einige Monate inzwischen vergangen. Es wird wirklich Zeit, dass wir miteinander reden, Charles.«

»Ich wollte damit sagen, es ist schön für mich, deine Stimme zu hören.«

Sein Tonfall wurde schmeichelnder.

Samantha nahm nun allen Mut zusammen: »Wir haben uns in der Tat einmal sehr viel bedeutet, Charles, doch jetzt ist es an der Zeit, unsere Scheidung zu besprechen«, stellte sie kühl fest.

»Aber wie soll ich denn mit dir unsere Scheidung besprechen, wenn du mir noch immer so viel bedeutest?«, fragte er und klang dabei sehr traurig.

Samanthas Magen zog sich zusammen zu einer wütend geballten Faust. Dieser Mann hatte noch immer nicht begriffen, dass es vorbei war. Er wollte oder konnte es einfach nicht wahrhaben.

Samantha merkte plötzlich, dass sie fror. Sie nahm sich ihren Frotteemantel, der hinter der Badezimmertüre hing, und schlüpfte hinein.

Während sie sich eine Antwort auf Charles' Frage überlegte, angelte sie sich mit dem Fuß einen Baumwollteppich aus dem Bad und legte damit den Seifenwassersee trocken, den sie inzwischen im Flur beim Telefontischchen hinterlassen hatte.

»Bist du noch dran?«, fragte er, besorgt, sie könnte inzwischen aufgelegt haben.

»Ja, natürlich.« Sie entschuldigte sich zerstreut.

»Es fällt mir nur schwer, darauf etwas zu sagen. Ich hatte gehofft, mein Brief hätte dir Klarheit gebracht, wie es um meine Gefühle steht und wir könnten uns einigermaßen sachlich darüber unterhalten.«

Stille am anderen Ende der Leitung.

»Ohne Emotionen und Vorwürfe, meine ich«, ergänzte sie ein wenig hilflos.

»Wie spricht man denn sachlich und ohne Emotionen über Gefühle? Über die Liebe und über den Schmerz, den sie hinterlassen hat? Kannst du mir das vielleicht beibringen? Bitte sag mir, wie das geht!«, setzte Charles hilflos dagegen.

»Aber Charles, bitte versteh mich doch!«, begann sie flehentlich.

»Es geht zwischen uns beiden doch schon lange nicht mehr um Gefühle. Meine Liebe zu dir ist längst Vergangenheit! Das habe ich dir doch klar und deutlich geschrieben, oder etwa nicht?«

Da er nichts darauf erwiderte, fuhr sie fort: »Ich möchte jetzt sehr gerne mit dir die Details unserer Scheidung besprechen.«

Noch immer kam keine Reaktion von ihm.

Es war zermürbend.

»Unsere gemeinsame Zeit war doch meistens schön, Charles. Sollten wir uns da nicht gemeinsam um ein friedliches Ende bemühen? Sozusagen einen sauberen Schnitt machen, damit wir unserer Ehe immer ein ehrendes Andenken bewahren können? Ohne schmutzige Wäsche und

Bitterkeit. Damit jeder von uns in seinem Leben neu anfangen kann.«

Es war totenstill in der Leitung.

Nun wurde Samantha langsam unsicher, ob Charles ihr überhaupt noch zuhörte. Vielleicht hatte er auch inzwischen aufgelegt und sie hatte es nur nicht mitbekommen.

»Charles? Bist du noch da? Ich möchte so gerne, dass wir Freunde bleiben. Ich wünsche es mir so sehr, weil du mir als Mensch sehr viel bedeutest.«

Samantha fühlte, wie ihr das Gespräch an die Substanz ging. Sie hatte langsam keine Kraft mehr und ihre Augen füllten sich mit Tränen.

Verdammt, warum sagte Charles einfach nichts?

Warum ließ er sie hängen wie im luftleeren Raum?

Sie hatte einen verbalen Angriff von ihm erwartet, dem sie einiges entgegensetzen wollte. Sie war nicht darauf vorbereitet gewesen, einen Monolog halten zu müssen.

War es das jetzt schon gewesen?

Sollte sie jetzt einfach auch auflegen?

Nein. Ein leises Geräusch war zu hören. Er war also doch noch am Apparat.

Da sie jetzt aber nichts mehr zu sagen wusste, schwieg auch sie.

»Gibt es einen anderen Mann in deinem Leben?«, hörte sie ihn schließlich nach einer Weile fragen.

Das waren zwar nicht die Worte, die sie sich zu hören erhofft hatte, doch war sie erleichtert darüber, dass er an ihrem Gespräch überhaupt noch teilnahm.

»Ja, es gibt einen neuen Mann in meinem Leben«, begann sie zögernd, »aber das ist nicht der Punkt. Er hat damit überhaupt nichts zu tun.«

Charles lachte nur höhnisch auf.

»Ich wollte die Scheidung schon, bevor ich ihn kennengelernt hatte, aber ich hatte mich immer vor der Auseinandersetzung mit dir gescheut. Du musst zugeben, dein Verhalten jetzt gerade gibt mir Recht.«

Charles ging nicht darauf ein. Das, was er daraufhin sagte, klang vielmehr so, als hätte er überhaupt nicht zugehört: »Man sagt doch, wenn eine Ehe gescheitert ist, lag es entweder am Sex oder am Geld. Woran lag es bei uns, was meinst du? Hatte ich etwa zu wenig Geld?«

Charles' Zynismus war für Samantha schon immer schwer zu ertragen gewesen, zu oft hatte sie ihn erleben müssen.

Die Art und Weise, wie er sich ausdrückte, legte für Samantha die Vermutung nahe, dass er nicht ganz nüchtern war.

Sie erhob ihre Stimme etwas: »Charles, hör auf! Du weißt genau, woran es lag! Wir konnten miteinander keine Babys bekommen, woraufhin du immer mehr Druck auf mich ausgeübt hast, dem ich irgendwann nicht mehr habe standhalten können. Das hat uns entzweit!«

Doch Charles hörte nicht auf. Der Alkohol hatte ihn jetzt erst in Fahrt gebracht.

Samantha vermutete, dass er in den langen Gesprächspausen immer noch mehr getrunken hatte.

»Was ist mit dem anderen?«, provozierte er.

»Besorgt der es Mylady besser?«

»Hör auf, dir weh zu tun! Und uns beiden weh zu tun!«, rief sie entsetzt und überlegte, ob es nicht klüger wäre, dem Ganzen mit einem entschlossenen Griff auf die rote Taste ein Ende zu bereiten.

»Na, sag es schon!«, setzte er erneut an, »Macht er es besser als ich?«

»Auf diesem Niveau werde ich mich nicht länger mit dir unterhalten, Charles! Du bist total betrunken und nicht mehr Herr deiner selbst. Du wirst noch mehr Dinge sagen, die du dann später bereuen wirst, aber nicht mehr zurücknehmen kannst.«

Diese Auseinandersetzung kostete langsam wirklich ihre ganze Kraft.

»Ja, ich bin betrunken, Samantha, mein Schatz! Und soll ich dir was sagen?«

»Nein!«, flehte sie im Stillen, doch er hörte sie ja nicht.

»Das bin ich jeden Tag, seit du mich verlassen hast, weil ich mein Leben sonst einfach nicht mehr ertrage.«

Charles war inzwischen so stark alkoholisiert, dass sie Mühe hatte, seine Worte überhaupt zu verstehen. Sein Selbstmitleid troff förmlich aus dem Hörer.

Die ganze Zeit über hatte Samantha sich um Haltung bemüht, doch jetzt hielt sie es nicht mehr aus und schrie ihn an: »Halte jetzt deinen Mund, Charles, und hör zu, was ich dir zu sagen habe! Du bist nicht der Einzige, der leidet. Schließlich ist auch meine Ehe gescheitert.«

Samantha hielt einen Moment lang inne und wartete.

Er schien ihr zuzuhören. Zumindest sagte er nichts.

»Aber das Leben geht weiter, weil es weitergehen muss.«

Nach einer kurzen Weile fragte Charles deutlich kleinlauter: »Aber wie soll es denn jetzt mit uns weitergehen?«

»Ich weiß nicht, wie es für dich weitergehen wird«, antwortete sie leise.

Dass sie fand, dass er sich darum schon selbst kümmern müsste, behielt sie für sich. Schließlich ging es ihr ja nicht darum, ihn zu verletzen. Sie hatte ihn doch einmal sehr geliebt.

Irgendwie kam Charles ihr in diesem Augenblick viel zugänglicher vor als zu irgendeinem früheren Zeitpunkt dieser Unterredung. Der Moment schien ihr günstig, das letzte Register zu ziehen.

»Ich kann dir nur sagen, wie es für mich weitergehen wird.«

»Und zwar?«

»Charles, ich erwarte ein Kind«, verkündete sie gerade heraus.

Nun war die Katze aus dem Sack!

Zunächst kam nur ungläubiges Schweigen aus der Leitung.

Dann, nach einer kleinen Pause: »Das kann nicht sein! Du lügst!«

»Nein, ich lüge nicht.«

Sie war ganz ruhig. Das Kind in ihrem Bauch gab ihr jetzt die Kraft, die sie brauchte.

»Aber deine Reaktion ist durchaus verständlich, nach allem, was wir beide zusammen durchgemacht haben, um ein Baby zu bekommen. Ich kann es selbst noch kaum glauben.«

Charles schrie nun in den Hörer wie ein verletztes Tier:

»Und ich kann es überhaupt nicht glauben! Kein Wort davon ist wahr! Den Kerl hast du sicher auch nur erfunden, um mir ... Um mir das Herz herauszureißen!«

»Ich schwöre es dir beim Leben meines ungeborenen Kindes.«

Er wusste jetzt, dass sie die Wahrheit gesagt hatte. Schlagartig fühlte sich Charles wie nüchtern, zu groß war dieser Schock für ihn gewesen. Ein anderer Mann hatte bei seiner Frau etwas vollbracht, was ihm selbst in all den Jahren nicht gelungen war.

»Kenne ich ihn?«, wollte er wissen.

Er klang jetzt ernst und gefasst.

Samantha wollte auf seine Frage nicht eingehen.

»Wir würden dich gerne besuchen, um alles zu besprechen.«

»Kenne ich ihn?«, beharrte er.

»Ich habe zumindest das Recht darauf, zu erfahren, wer es ist. Wer dich mir weggenommen hat. Findest du nicht?«

Seine Stimme klang nun nicht mehr weich und weiner-
lich wie zu Beginn des Telefonats, sondern hart und ein-
schüchternd.

»Er hat mich dir nicht weggenommen«, versuchte sie
ihm auszuweichen, »es war doch schon vorher aus,
Charles. Erinnerst du dich nicht mehr, wie es damals zwischen uns stand?«

»Sag mir endlich, ob ich ihn kenne!«

Sein Ton wirkte auf Samantha nun äußerst bedrohlich,
also gab sie schließlich nach: »Ja, du kennst ihn. Wenn
auch nicht gut.«

»Wer ist es?«

Charles rechnete jetzt mit dem Schlimmsten.

»Warum willst du dir unbedingt noch mehr wehtun?«,
wich sie erneut aus, doch er blieb unbeirrt.

»Wer ist es?«

»Du hast ihn erst einmal gesehen«, gab sie zögernd
preis, »er heißt Michael.«

Charles ging in Gedanken blitzschnell ihren gemeinsamen Bekanntenkreis durch. Ein Michael war nicht darunter.

»Was für ein Michael ...? Ich kenne keinen Michael ...
Michael, und wie weiter?«

»Michael Tomlinson, Himmel nochmal! Ist die Inqui-
sition nun beendet?«

»Michael Tomlinson?«, dachte er laut nach. »Doch
nicht ... doch nicht etwa dieser ... dieser Gärtner?«

»Er ist Landschaftsarchitekt, um genau zu sein«, kon-
terte sie.

Es folgte eine laute, zynische Lachsalve, die merkwürdig künstlich und gespielt klang. Charles gab vor, sich
darüber köstlich zu amüsieren, doch Samantha kannte ihn
besser.

»Lady Cardington und ihr Gärtner!«, spottete er.

»Was soll das werden? Etwa die Fortsetzung von *Lady Chatterley's Lover*? Erst der Wildhüter, dann der Gärtner? Seit wann hast du einen Hang zum Personal, meine Liebe? Es hatte dir doch immer ganz gut gefallen, dass ich aus einer Adelsfamilie stamme und du in unsere Kreise aufgenommen wurdest. Oder etwa nicht?«

»Charles, bitte! Jetzt wirst du geschmacklos!«

»So, so, ich werde geschmacklos! Wer ist denn hier geschmacklos? Ich muss schon sagen, ein feiner Charakter, dein Mr Tomlinson! Genießt hier tagelang mein Vertrauen, hatte es aber bereits gebrochen, noch ehe er meine Schwelle übertreten hatte!«

»Das hatte er nicht! Wir waren zu diesem Zeitpunkt noch kein Paar.«

»Und dann hat er mich sogar noch einmal ganz scheinheilig angerufen und wollte wissen, wie es mit unserer Versöhnung steht ... Woher kennst du ihn eigentlich?«

»Ach, das war nur ein dummer Zufall. Wir sind uns zum ersten Mal begegnet, als er auf dem Weg zu dir war. Michael hatte damals keine Ahnung davon, dass du mein Mann warst und ich hielt es für unnötig, ihn darauf hinzuweisen. Ich kannte ihn damals noch überhaupt nicht. Wir hatten uns nur flüchtig unterhalten. Nicht mehr und nicht weniger. Zusammengekommen sind wir erst viel später.«

Charles registrierte aufmerksam die Vergangenheitsform, die Samantha beim Sprechen instinktiv gewählt hatte, ihn betreffend, während sie ihrem jungen Geliebten zu Hilfe geeilt war, um ihn zu verteidigen.

Michael mochte ungefähr in Samanthas Alter sein, während er selbst gut zwölf Jahre älter war als sie.

Irgendwie rührte es ihn, wie vehement sie jetzt schon zu Michael hielt. So kannte er sie, seine Samantha: entweder ganz oder gar nicht!

Und jetzt stand es, Michael ganz – Charles gar nicht.

Er hatte die Schlacht verloren. Endgültig.

Ein Cardington war zwar zäh, ausdauernd und hartnäckig, wusste aber, wann es vorbei war.

Als er zu spüren begann, wie Tränen in seine Augen stiegen, beeilte er sich, das Telefonat zu beenden und sich von Samantha zu verabschieden.

In seinem behaglichen Kaminzimmer würde er sich anschließend seinem Schmerz und seinem alten Scotch ausgiebig hingeben können.

»Dann freue ich mich also, das junge Glück demnächst begrüßen zu dürfen. Kommenden Sonntag in einer Woche würde es mir passen. Vielleicht zum Tee?«

Charles riss sich fast übermenschlich zusammen. Die Aussicht auf diese Zusammenkunft brach ihm das Herz, doch er wollte es ihr nicht mehr zeigen.

Samantha spürte es und überging deshalb freundlich seine ironischen Zwischentöne: »Wir kommen gerne am übernächsten Sonntag zum Tee zu dir, Charles. Und bitte vergiss nicht, dass ich unbedingt möchte, dass wir Freunde bleiben, wenn alles vorbei ist«, sagte sie versöhnlich. Jedes Wort davon war ehrlich gemeint.

»Ja. Mal sehen ... wenn alles vorbei ist ...«, wiederholte er leise. Dann legte er auf.

Samantha fiel vor Schwäche fast der Hörer aus der Hand. Erst jetzt bemerkte sie, dass sie zusammengekauert, die Beine an den Körper gezogen, auf dem kleinen Bänkchen im Flur saß. Sie schlotterte vor Kälte, war nur mit dem feuchten Bademantel bekleidet und hatte noch immer – inzwischen angetrocknetes – Shampoo im Haar.

Völlig erledigt kehrte sie ins Badezimmer zurück, um sich endlich heiß abzuduschen. Zu gerne hätte sie noch mit Michael gesprochen, doch dazu war sie nun zu müde. Sie würde ihm am nächsten Tag alles erzählen.

13

Die Zeit bis zum vereinbarten Sonntag verging wie im Flug. Mehr als jemals zuvor hätte Samantha in diesen Tagen Michaels Zuspruch gebraucht. Doch ausgerechnet an diesem Wochenende konnte er am Freitagabend und auch den ganzen Samstag über nicht kommen, aber er versprach, sie pünktlich am Sonntag abzuholen, um gemeinsam mit ihr zu Charles zu fahren.

Als Michael dann endlich vor ihrem Häuschen ankam, glich Samantha einem Häufchen Elend: Ihre Nerven lagen blank, sie hatte kaum geschlafen und noch nichts gegessen.

Er nahm sie erst einmal in seine Arme und hielt sie eine Weile fest, bis sie sich ein wenig beruhigt hatte. Dann gingen sie in die Küche, wo Michael ihr rasch und liebevoll etwas zu essen machte, zwei Butterbrote, die er mit Tomatenscheiben belegte.

Aber Samantha wollte nichts, sie hatte keinen Appetit.

»Du musst jetzt etwas zu dir nehmen, Sammy, sonst können wir nicht fahren. Ein Brot für dich und eines für unser Kind. Ihr braucht jetzt Nervennahrung. Alle beide!«

Zärtlich streichelte er den sich bereits abzeichnenden Babybauch.

Samantha fand, dass Michael an diesem Tag großartig aussah: Dem Anlass angemessen trug er einen dunkelblauen Blazer mit Messingknöpfen zur Jeans, war ordentlich gekämmt, frisch rasiert und duftete nach Zedernholz und Leder.

Aber das lenkte sie auch nur für kurze Zeit ab.

»Mir graut so sehr davor, ihn wiederzusehen«, sagte sie und schmiegte sich an Michaels Schulter.

»Und außerdem ist mir schlecht. Schon den ganzen Morgen. Sollten wir den Besuch nicht doch lieber verschieben?«

»Ich fürchte, nächste Woche würdest du dich nicht besser fühlen.«

Er streichelte ihren Kopf.

»Lass es uns einfach heute hinter uns bringen! Wir sind doch stark. Schließlich sind wir zu dritt.«

Damit erzeugte er immerhin ein mattes Lächeln auf ihrem Gesicht.

»Das ist wirklich eine nette Vorstellung, aber gleichzeitig etwas, was mir nicht behagt: Wir kommen zu dritt, während Charles alleine dasteht. Ach, Michael, irgendwie tut er mir auch leid.«

Sie seufzte tief und wäre am liebsten einfach zu Hause geblieben.

Michael wurde langsam ein wenig unruhig.

»Aber Sammy, was würde es denn ändern, wenn wir es verschieben? Selbst wenn Charles sofort einwilligt, wird es seine Zeit dauern, bis die Scheidung ausgesprochen werden kann. Wenn wir dieses Gespräch jetzt zu lange hinauszögern, kommt unser Baby noch vor der Hochzeit auf die Welt. So wolltest du es doch auf keinen Fall, wenn ich mich recht erinnere.«

Michael hatte Recht. So wollte Samantha es auf keinen Fall.

Während sie in Richtung Winchelsea fuhren, einem malerischen Städtchen in der Nähe von *Cardington Manor*, mussten sie ein paar Mal anhalten, weil Samantha in den Kurven schlecht geworden war.

Nach fast drei Stunden Fahrt knirschte dann endlich der Cardington'sche Kies unter den Reifen, als sie das große Tor passiert hatten.

Jahrelang war Samantha diesen Weg entlang gefahren, kannte jeden Baum, jeden Strauch und jede Hecke.

Doch heute war ihr alles sonderbar fremd. Fast fühlte sie sich, als hätte sie alte Freunde verraten, indem sie *Cardington Manor* den Rücken gekehrt hatte.

»Wusstest du, dass ich seitdem nicht mehr hier war?«, fragte sie leise.

Sie konnte ihren Blick nicht von der bezaubernden Umgebung lösen und es war, als würde sie alles, was sie sah, diesmal in sich speichern wollen, um es nun für immer bei sich zu tragen.

»Wie konnte ich nur vergessen haben, wie schön es hier ist! Einfach atemberaubend, findest du nicht?«

»Ja, das ist es. Fast unwirklich. Man fühlt sich wie in einer anderen Welt.«

Michael nahm sanft ihre Hand und hielt sie fest in der seinen.

Bevor er den Wagen vor dem Anwesen zum Stehen brachte, spürte Samantha ein beklemmendes Gefühl in ihrer Brust, das stärker wurde, je näher sie ihrem ehemaligen Zuhause kamen.

Da eilte auch schon der gute Henderson mit schnellen Schritten und geröteten Wangen auf sie zu und half Samantha aus dem Wagen.

»Guten Tag, Henderson!«, begrüßte sie ihn freundlich lächelnd.

»Guten Tag, Mylady! Wie schön, Sie wiederzusehen!«

Er freute sich aufrichtig, doch Samantha bemerkte eine Veränderung an ihm. Irgendetwas bedrückte den alten Herrn, sie war sich sicher.

Noch bevor Henderson zu ihm gelangen konnte, war Michael ausgestiegen und rechnete mit Hendersons Erstaunen über seine Anwesenheit.

Doch der Butler war ein Mann von Welt und ließ sich seine Überraschung über diese neue Konstellation natürlich nicht anmerken.

»Mr Tomlinson, Sir, schön, dass Sie uns wieder einmal besuchen! Ich hoffe, Sie hatten eine angenehme Fahrt!«

Sie erwarteten, dass Henderson sie nun ins Haus geleiten würde, doch dieser benahm sich ungewohnt zögerlich und wandte sich schließlich vorsichtig an Samantha:

»Verzeihen Sie bitte, dass ich Sie deswegen anspreche, Mylady, ich möchte Sie wirklich nicht beunruhigen ...«

»Was ist denn, Henderson? Bitte, sprechen Sie!«, ermunterte sie ihn mit Nachdruck.

»Es geht um seine Lordschaft, Mylady«, stammelte er, »ich bin zum ersten Mal in meinem Leben als Butler ratlos ...«

»Was können wir für Sie tun, Henderson?«, unterbrach ihn Michael.

»Zu freundlich von Ihnen, Sir«, erwiderte Henderson dankbar, der es bis zu diesem Moment ausschließlich gewohnt war, anderen behilflich zu sein.

»Seine Lordschaft ist ... Wie soll ich mich ausdrücken? Er benimmt sich ganz sonderbar ... Ganz gegen seine sonstigen Gewohnheiten ...«

Er blickte verstört drein.

»Was wollen Sie damit sagen, Henderson?«, fragte Samantha besorgt.

»Nun ja, ... beispielsweise sein Appetit ... Er isst kaum noch. Das geht schon seit ein paar Tagen so. Und dann seit heute Morgen ... Er ... Er ...«

Henderson suchte die passenden Worte, fand sie jedoch nicht.

»Was ist seit heute Morgen? Reden Sie doch, guter Mann!«, forderte Michael ungeduldig und der alte Herr setzte erneut an:

»Seit heute Morgen ist er in seinem Arbeitszimmer.«

Seine Augen wanderten hilfesuchend zwischen den beiden hin und her.

Irritiert erwiderten sie seinen Blick. Sie konnten an diesem Umstand nichts Schlimmes finden.

Wurde Henderson langsam senil?

»Er hat sich dort eingeschlossen! Verstehen Sie?«, brach es endlich aus dem Butler heraus.

»Das hat er in den vergangenen achtzehn Jahren, seit ich für ihn arbeite, nicht ein einziges Mal getan! Ich hatte doch immer sein vollstes Vertrauen. Das entspricht einfach nicht seiner Gewohnheit und ...«

Jetzt war er den Tränen nahe. »Und seit ein paar Tagen schon hat er überhaupt nicht mehr das Haus verlassen, kein einziges Mal. Keine Ausritte mehr, keine Besichtigung der Ländereien, der Pferdeställe ...«

Henderson war, das sahen die beiden, fassungslos.

»Das ist in der Tat sehr ungewöhnlich für ihn«, pflichtete ihm Samantha nun bei und lobte den alten Herrn für seine Fürsorglichkeit: »Wie gut, dass Sie so überaus aufmerksam sind, Henderson.«

Ihre Augen wanderten nun an der Fassade des Anwesens entlang, hoch zu jenen Fenstern, von denen sie wusste, dass sich Charles' Arbeitszimmer dahinter befand. Dort hielt er sich also seit heute Morgen verborgen.

Vor ihr. Vielmehr vor ihnen beiden.

Plötzlich zeigte sich hinter einer dieser Glasscheiben ein aschfahles Gesicht, das nur noch entfernt dem Mann ähnlich sah, den sie vor einigen Jahren geheiratet hatte. Kurz nachdem es aufgetaucht und entdeckt worden war, war es auch schon wieder verschwunden.

»Mylady, ich hege die Befürchtung, dass seine Lordschaft nervlich schwer krank ist, weil er so gar keinen Lebenswillen mehr zu haben scheint. Nach meinem Wissen konsultierte er jedoch keinen Arzt. Ich durfte auch Dr. Mortimer nicht für ihn verständigen. Vielleicht könnten Mylady ihn dazu überreden?«

Zu Michael gewandt ergänzte er: »Dr. Mortimer ist der Hausarzt von *Cardington Manor*.«

»Ich denke nicht, dass seine Lordschaft krank ist«, begann Samantha ihn zu beruhigen.

»Es sei denn, Sie bezeichnen mich als die Krankheit, von der er befreit werden sollte. Wissen Sie, Henderson, er nimmt es sehr schwer, dass Mr Tomlinson und ich ...«

Sie brauchte ihr vertrauliches Geständnis nicht zu beenden, denn der alte Butler hatte längst begriffen.

Michael wurde langsam unruhig, da er das Gefühl bekam, sie würden wertvolle Zeit vergeuden, indem sie vor dem Haus standen und über Charles sprachen statt mit ihm selbst.

»Ich werde mal nach ihm sehen.«

Er ließ Samantha und Henderson auf dem Parkplatz stehen und lief mit schnellen, langen Schritten voran zum Haus. Indem er immer mehrere Stufen auf einmal nahm, erklomm er die linke der beiden großen Treppen und fand sich in der kühlen Düsternis der Eingangshalle wieder.

Während sich seine Augen noch an die veränderten Lichtverhältnisse anpassten, war er bereits weitergelaufen und nahm nun die innere Freitreppe ebenso behänd.

Auf der Galerie des Obergeschosses angekommen, orientierte er sich kurz und ging dann links herum einen der langen Korridore entlang.

Dort, wo er sich an Charles' Arbeitszimmer erinnerte, blieb er stehen und klopfte an die wuchtige Eichentüre.

Als keine Reaktion kam, drückte er sachte die Messing-Klinke herunter.

Die Tür war verschlossen.

Michael klopfte erneut.

Samantha und Henderson waren Michael zögerlich und voller Unbehagen gefolgt. Sie hatten die Eingangshalle mit dem schachbrettartigen Steinboden durchquert und schon fast die große Freitreppe erreicht, als sie einen lauten Knall hörten.

Erschrockenheit und Angst durchfuhr sie und es gab keinen Zweifel: Sie hatten einen Schuss gehört!

Dann, für einen ganz kurzen Moment war es stiller im Haus als jemals zuvor. Geradezu unheimlich.

Als hätte das Leben den Atem angehalten.

»Um Gottes Willen! Mylord!«, rief Henderson mit vor Panik bebender Stimme.

»Michael!«, schrie Samantha fast gleichzeitig.

Der Butler stand wie angewurzelt am Fuß der Treppe und starrte reglos in die Richtung, aus der dieser Knall gekommen sein musste. Er war unfähig, irgendetwas zu unternehmen. Diese unerwartete Situation überforderte ihn völlig.

Samantha war kreidebleich geworden und klammerte sich nun wie gelähmt ans Treppengeländer.

Was war passiert und wo war bloß Michael?

Warum kommt er nicht zurück?

Vor Samanthas geistigem Auge lief nun ein Film ab, der alles zeigte, was sie je mit Michael zusammen erlebt hatte: von der ersten Begegnung in der Stoney Lane und dem Nachmittag in ihrem Häuschen über *Scotney Castle* und wie sie weinend davon gelaufen war. Als er sie danach besucht und ihr seine Liebe gestanden hatte.

Wie sie zum ersten Mal miteinander geschlafen hatten und sie ihr Glück nicht hatten fassen können.

Michaels Heiratsantrag sowie sämtliche Gespräche und Begegnungen bis zu diesem Moment.

Dann erlitt Samantha einen Nervenzusammenbruch.

Da erschien endlich Michael oben auf der Empore.

»Ich wollte mit ihm sprechen, aber er hat mich nicht hineingelassen und dann ...«

Auch ihm war die Farbe aus dem Gesicht gewichen. Mit Zittern in den Beinen kam er die Stufen herunter.

Als Samantha ihn sah, stieß sie vor Erleichterung einen lauten Schrei aus.

Michael nahm sie in den Arm und hielt sie fest, während er versuchte, sich die Lage zu vergegenwärtigen. Ihm war das schreckliche Geräusch zwar auch in alle Glieder gefahren, aber er bemühte sich, ruhig zu bleiben und es sich nicht anmerken zu lassen. Wenigstens einer im Haus musste nun den Überblick behalten.

»Du solltest hier unten bleiben, Liebes. Setz dich am besten gleich dort drüben hin! Ich bin bald zurück«, empfahl er Samantha in einem Tonfall, als könnte überhaupt nichts Schlimmes passiert sein.

Von dem beängstigenden Schussgeräusch aufgeschreckt, waren die etwas untersetzte Köchin Rose und ein – verglichen mit Rose – mageres Hausmädchen namens Frances in die Halle gelaufen gekommen und plapperten lebhaft durcheinander wie aufgescheuchtes Federvieh.

Vom obersten Treppenabsatz aus rief ihnen Michael zu: »Bitte seien Sie so freundlich, bringen Sie Lady Cardington von hier fort und kümmern Sie sich um sie. Sie erwartet ein Kind.«

Und um Missverständnissen vorzubeugen, fügte er hinzu: »Unser Kind.«

Die dicke Köchin und der noch immer völlig aufgelöste Henderson waren für den Bruchteil einer Sekunde von ihrem Schrecken abgelenkt und wechselten überraschte Blicke.

Dann forderte Michael den Butler halb flüsternd auf:

»Kommen Sie mit, Henderson! Ich brauche Ihre Hilfe. Vielleicht ist es ja noch nicht zu spät.«

Samantha ließ sich – auf Rose und Frances gestützt – in das direkt angrenzende Kaminzimmer bringen. Der Schrecken war ihr in alle Glieder gefahren und ihre Beine wollten ihr kaum noch gehorchen. Benommen ließ sie sich auf das nächste Möbelstück sinken und ließ die stürmischen Wellen des Augenblicks über sich zusammenschlagen.

Henderson und Michael standen vor Charles' noch immer verschlossenem Arbeitszimmer und bemühten sich verzweifelt hineinzukommen.

Michael versuchte, die schwere Eichentüre aufzustemmen, während Henderson voller Hoffnung auf Charles einredete, falls dieser noch am Leben wäre.

Beides war vergeblich. Die Tür blieb verschlossen und es drang auch nicht das leiseste Geräusch aus dem Zimmer auf den Korridor.

Beim Versuch, durch das Schlüsselloch zu schauen, bemerkten sie, dass der Schlüssel von innen steckte.

Henderson besorgte rasch eine dünne Zange, mit deren Hilfe dieser im Schloss senkrecht gedreht und aus dem Loch gestoßen werden konnte.

Als Michael schließlich hindurch spähte, nahm er ein Möbelstück wahr, aller Wahrscheinlichkeit nach Charles' Schreibtisch. Darauf lag etwas Rundliches, das er, je länger er es betrachtete, als Charles' Kopf identifizierte.

Schweigend blickte Michael zu Boden und hielt einen Moment lang inne. Dann wandte er sich an Henderson:

»Wir müssen die Polizei rufen. Die werden sich Zugang verschaffen können. Bitte telefonieren Sie! Ich muss mich um Lady Cardington kümmern.«

»Wie Sie meinen, Sir«, gehorchte der Butler. Er war erleichtert und dankbar darüber, dass dieser junge Mann,

Mr Tomlinson, in dieser furchtbaren Angelegenheit offenbar die Verantwortung übernommen und ihm selbst den Blick durch das Schlüsselloch erspart hatte.

Als Michael ins Kaminzimmer kam, fand er Samantha auf der mit dunkelgrünem Leder bezogenen Chaiselongue liegen. Das gute, antike Möbelstück schien wie eine rettende grüne Insel, die ihr für diesen Moment Schutz bot.

Fröstelnd und dankbar hatte Samantha die flauschige Wolldecke angenommen, die Frances über ihr ausgebreitet hatte, und sich unter dem warmen Karo-Plaid verkrochen.

Als sie Michael kommen hörte, hatte sie sich etwas erholt.

Auf Samanthas bestürzte Frage, was denn nun mit Charles passiert wäre, erwiderte Michael nur, man wüsste noch nichts, weil man noch nicht in das Arbeitszimmer hatte eindringen können. Man müsste jetzt erst einmal auf die Polizei warten und könnte jetzt eh nichts tun. Und sie möge sich doch beruhigen, schon um ihres ersehnten Kindes willen.

Dann setzte er sich zu ihr, hielt ihre Hand und versuchte, sie abzulenken, indem er über ihre gemeinsame Zukunft zu dritt sprach.

Rose und Frances, die in Samanthas Nähe geblieben waren, hörten stumm und gerührt zu, wie liebevoll Michael auf sie einging.

Etwa eine halbe Stunde später traf die Polizei ein.

Nach erster Klärung des Sachverhalts wurde die Tür des Arbeitszimmers von einem Spezialisten mit ein paar wenigen, gekonnten Handgriffen geöffnet.

Samantha, Michael und das Personal durften daran nicht teilnehmen. Sie hielten sich derweil im Kaminzimmer auf und sprachen aufgeregt durcheinander.

Die Beamten fanden Charles erschossen an seinem Schreibtisch auf. Sein braunes, lockiges Haar war rot durchsetzt. Eine handliche Schusswaffe lag unter seiner rechten Hand auf dem Parkettboden, inmitten einer Ansammlung von zum Teil schon geronnenen Tropfen seines Blutes.

Der Polizeiarzt konnte nur Charles' Freitod attestieren. Die Sache war eindeutig. Da es auch keine Zweifel über die Identität des Verstorbenen gab, da einer der Polizisten erst kürzlich mit diesem gesprochen hatte, wurde der schwangeren Witwe die Identifizierung erspart.

Der Einsatzleiter, der nicht wusste, dass die Ehe der Cardingtons nur noch auf dem Papier existierte, ging hinunter, um der Ehefrau des Verstorbenen zu kondolieren. Er berichtete ihr auch, in welchem Zustand man ihren Gatten aufgefunden hatte.

Nachdem ihr diese Nachricht überbracht worden war, brach Samantha zusammen und vergrub ihr Gesicht hemmungslos schluchzend in Roses Armen.

Michael stand hilflos daneben und wusste nicht, was er jetzt tun sollte oder was von ihm erwartet wurde.

 Rose, die sich ihre Bestürzung nicht anmerken ließ, um es Samantha nicht noch schwerer zu machen, streichelte deren Kopf und versicherte ihr, alles würde wieder gut werden.

Frances stand nur da und weinte.

Henderson hatte Tränen in den Augen, bemühte sich jedoch um Haltung. Er stammelte nur immer wieder kopfschüttelnd: »Er war doch noch so jung ... so jung ...«

Währenddessen wurde Charles' Leichnam in einem silberfarbenen Aluminiumbehälter aus dem Haus getragen und in die Pathologie von Rye gebracht, der nächsten größeren Stadt.

Henderson hatte Dr. Mortimer, den Hausarzt der Cardingtons verständigt, der sofort gekommen war, um Samantha ein Beruhigungsmittel zu verabreichen, das ihre besonderen Umstände berücksichtigte.

Dr. Mortimer war ein feiner, schlanker Herr mit vollem, silbergrauem Haar, der sich langsam und besonnen bewegte.

»So erschütternd der Anlass unseres Wiedersehens ist, Lady Cardington, so sehr freue ich mich über Ihren Zustand.«

Dr. Mortimer versuchte, Samanthas Gedanken auf ihre glückliche Zukunft zu lenken und das war auch das letzte, was sie an diesem Tag hören sollte. Das Beruhigungsmittel hatte seine Wirkung getan.

Michael trug sie auf seinen Armen hinauf in die erste Etage. Er steuerte dort das *Boudoir* an und legte sie in das dunkelrote Doppelbett, in dem er selbst vor nicht allzu langer Zeit übernachtet hatte.

Er vergewisserte sich noch, dass Samantha alles hatte, was sie in dieser Situation benötigte. Als er nichts weiter für sie tun konnte, ging er hinunter in die große Küche des Hauses, wo er mit Henderson, Rose und Frances zur Beruhigung einen Schluck Whisky trank.

Nachdem der größte Schrecken überwunden war, aßen sie gemeinsam eine Kleinigkeit.

Erst sehr viel später schlich Michael zu Samantha hinauf und starrte dort – aufgewühlt und überwältigt von den Ereignissen des Tages – in die blutrote Dunkelheit, bevor ihn die Erschöpfung übermannte.

14

Die furchtbaren Erinnerungen des Vortages sickerten langsam in Michaels Bewusstsein, als er noch im Halbschlaf lag. Er drehte sich zu Samantha um und erschrak.

Sie lag auf dem Rücken, die Augen weit geöffnet und starr an die Zimmerdecke gebannt. Ihr Körper war ohne jede Regung. Wie tot lag sie da.

Ein eisiger Schauer überzog Michael. Erfüllt von aufsteigender Panik rüttelte er sie an der Schulter.

»Sammy, mein Schatz! Was ist mit dir los?«

Ganz leicht drehte sie den Kopf in seine Richtung und blickte ihn direkt an, mit einem Ausdruck, den er sich zu beschreiben versuchte, für den er jedoch keine vergleichbaren Worte fand. Sie sah aus, wie jemand der das Grauen gesehen hatte und diesen Eindruck nicht mehr abschütteln konnte.

»Wie geht's dir? Warum bist du nur so verändert?«, fragte er verzweifelt und schmiegte sich an sie.

»Wir haben ihn umgebracht«, formten ihre blutleeren Lippen unter großer Anstrengung.

Ihre Stimme klang apathisch und ausdruckslos.

»Aber das stimmt doch gar nicht! Wieso sagst du denn so etwas?«

Er fühlte sich hilflos und fragte sich bestürzt, wie lange sie wohl in diesem Zustand schon neben ihm gelegen hatte, während er selbst nichtsahnend geschlafen hatte.

Michael zog an der dunkelroten Klingelquaste, die neben seinem Kopfende baumelte und streifte sich den seidenen Hausmantel über, den Henderson bereits am Vorabend fürsorglich über das Fußende drapiert hatte.

Als der Butler erschien, bat Michael ihn, er möge bitte sofort Dr. Mortimer verständigen, und Henderson eilte, um den Wunsch zu erfüllen.

Michael ging zu den Fenstern und bediente den Mechanismus, der die schweren Brokatvorhänge öffnete. Eine kleine Zugbewegung genügte und wie von Geisterhand verschwand der gespenstisch dunkle Hauch aus dem Zimmer.

Freundliche Sonnenstrahlen fielen nun durch die hohen Fenster herein und Samanthas Teint nahm etwas von deren Licht an.

Es klopfte an der Türe. Es war Rose, die eine heiße Brühe für Samantha heraufgebracht hatte und diese auf einem silbernen Tablett servierte.

Da Samantha keinerlei Anstalten machte, davon zu essen, flößte Michael sie ihr ein.

Danach trank sie gierig zwei große Gläser Wasser leer und ihre Wangen bekamen langsam wieder einen rosigen Schimmer.

Vom Korridor waren Schritte und Stimmen zu hören. Als es an der Tür klopfte, wusste Michael, dass es der Arzt war.

Nach kurzer Überprüfung von Samanthas Zustand griff dieser in seine schwarze Ledertasche und holte zwei Dosen mit Tabletten heraus. Er entnahm ein paar und reichte sie Samantha zusammen mit einem Glas Wasser.

Dann ging er zu Michael, der an einem Fenster stand und Mühe hatte, seine Besorgtheit zu verbergen.

»Was haben Sie ihr da gegeben, Dr. Mortimer? Wird es auch unserem Kind nicht schaden?«

»Machen Sie sich keine Sorgen, Mr ... Äh ... Tomlinson. Ich versichere Ihnen, es wird Ihrem Baby nicht schaden. Es ist nur Baldrian und ein Schlafhormon. Ich habe ihr das gegeben, was sie jetzt am dringendsten braucht: einen Verband für ihre empfindsame Seele. Anders ausgedrückt, Lady Cardington wird jetzt wieder eine Weile schlafen, und wenn sie danach erwacht, wird sie liebevolle Fürsorge benötigen. Geben Sie ihr dann einfach, wonach sie verlangt. Wahrscheinlich wird sie großen Hunger haben.«

»Ist es ratsam, Dr. Mortimer, mit ihr über das zu sprechen, was gestern passiert ist?«

»Nun, ...«, begann der Arzt und blickte nachdenklich über die schmalen Halbmondgläser seiner Brille hinweg,

»wenn sie das Bedürfnis dazu hat, dann sprechen Sie ruhig mit ihr darüber. Geben Sie ihr auch in dieser Hinsicht einfach das, was sie verlangt.«

Michael nickte verständig.

»Vor allem sollte sie genügend trinken«, riet er noch an der Tür.

»Für das Fruchtwasser ... Sie verstehen?«

Nachdem sich Dr. Mortimer höflich verabschiedet hatte, setzte sich Michael zu Samantha ans Bett und betrachtete sie eine Weile still wie sie so dalag und inzwischen friedlich schlummerte. Dabei hielt er ihre kühle Hand in seinen warmen Händen.

Sie fühlte sich kraftlos an wie welk. Endlich hatte sie den Schlaf bekommen, den sie nachts, aufgewühlt durch diese furchtbare Tragödie, einfach nicht hatte finden können.

Er küsste sie sanft auf die Stirn, woraufhin sie ein leises Geräusch von sich gab, wie ein zärtliches Wort, das Michael aber nicht verstand. Sie brauchte ihn jetzt wohl erst einmal nicht mehr und so ging er in das angrenzende Badezimmer.

Da sie beide nicht damit gerechnet hatten, auf *Cardington Manor* zu übernachten, hatten sie auch keine Wäsche zum Wechseln mitgenommen. Michael duschte und wusch sich, machte sich bereit für den neuen Tag, so gut es eben ging.

Er zog noch seine Brieftasche aus dem Inneren seines Blazers heraus und verließ geräuschlos den Raum.

Danach fragte er Henderson nach einem Ort, wo er in Ruhe diverse Telefonate würde führen können; Henderson geleitete ihn in die Bibliothek.

Zum ersten Mal betrat Michael diesen prächtigen Raum und blieb wie angewurzelt und voller Ehrfurcht an der Schwelle stehen.

Bei seinem ersten Besuch auf *Cardington Manor*, hatte er im Vorübergehen nur ein einziges Mal einen ganz kurzen Eindruck erhaschen können.

Niemals hätte er sich träumen lassen, was sich tatsächlich hinter der halb geöffneten Türe verborgen hatte:

Hoch bis an die kunstvoll verzierte holzgetäfelte Decke reichten die dunklen Bücherschränke, die angefüllt waren mit zum Teil allerkostbarsten, antiken Buchschätzen. Die wertvollsten davon ruhten hinter geschliffenen Glastüren und in einer separat stehenden Vitrine. Beim Vorbeigehen las Michael auf einem Schild *Gutenberg-Bibel*. Unschätzbare Werte waren in diesem lichten, angenehmen Raum untergebracht.

Michael entdeckte eine fahrbare, sehr alte Holzleiter mit einer kleinen Kanzel am oberen Ende, mit deren Hilfe selbst die obersten Regalböden erreichbar waren.

Und er bemerkte ein kognakfarbenes Ledersofa, das sich wohl auch schon sehr lange im Familienbesitz befand.

Nur das Telefon fand er nicht, obwohl Henderson ihn doch ausdrücklich zum Telefonieren hierher geführt hatte. Er durchschritt die Bibliothek noch einmal in der Gegenrichtung, bis er vor einer aufwändig geschnitzten Wendeltreppe stand, die irgendwohin nach oben führte.

Da steckte Henderson seinen Kopf zur Tür herein und bat um Entschuldigung. In der Aufregung hatte er vergessen zu erwähnen, dass sich das Telefon in Lord Cardingtons kleinem Arbeitszimmer oben auf der Turmgalerie befand. Michael müsse einfach die Treppe, vor der er schon stand, hinaufsteigen.

Dieser bedankte sich und erklomm den schmalen Zugang.

Vom ersten Moment an hatte Michael das Gefühl, dass dies einer von Charles' Lieblingsplätzen gewesen sein musste. Er kam sich vor wie ein Eindringling in einem fremden Reich, als er hinter einem zierlichen Sekretär aus hellem Kirschholz stand, auf dem sich das Telefon befand. Wenn man von dort aus durch die drei Fenster sah, die in die Rundung des Turms eingelassen waren, hatte man einen fantastischen Blick auf die gesamte Umgebung ringsumher.

Michael nahm auf dem komfortablen Schreibtischstuhl Platz, drehte sich darin herum und genoss die umwerfende Aussicht. Es war ein sehr erhebendes Gefühl! Wie der Herr der Welt musste man sich vorkommen, wenn man dieses kostbare Land sein Eigen nennen durfte, dachte er bewundernd.

Dass Charles dies alles offenbar nicht mehr wahrgenommen hatte, nicht mehr wahrnehmen konnte, machte ihm deutlich, vor welch tiefen Abgründen der Unglückliche gestanden haben musste. Mitgefühl und Trauer um Charles erfüllten Michael.

Er wandte seinen Blick wieder dem Telefon zu, dem eigentlichen Grund seines Eindringens in Charles' Allerheiligstes.

Da fiel sein Blick auf ein hellblaues Kuvert, das an eine zierliche Jadefigur gelehnt war, die wohl ein Pferd darstellen sollte. *An Samantha, meine einzige Liebe* stand darauf, mit blauer Tinte geschrieben.

Ein sehr erlesener Füllfederhalter, mit dem die Worte offenbar geschrieben worden waren, lag daneben auf einer dunkelgrünen, mit Gold verzierten, ledernen Schreibunterlage, die bündig in die Tischplatte des Sekretärs eingearbeitet war.

Michael zögerte, den Brief in die Hand zu nehmen.

Möglicherweise waren dies die letzten Zeilen, die Charles in seinem Leben geschrieben hatte.

Wahrscheinlich hatte er, Michael, gerade den Abschiedsbrief gefunden, den die Polizei im großen Arbeitszimmer vergeblich gesucht hatte.

Er nahm den Telefonhörer und wählte als erstes die Nummer des Polizeipräsidiums, um seine Entdeckung zu melden. Ein eifriger junger Beamter dankte ihm und kündigte den Besuch eines Inspektors O'Shaugnessy für diesen Nachmittag an. Bis dahin dürfte allerdings niemand den Brief berühren, fügte er noch eindringlich hinzu.

Die weiteren Telefonate galten Michaels Auftraggebern, mit denen er für diese Woche Termine vereinbart hatte und die er nun allesamt aufschieben musste. Zu diesem Zeitpunkt konnte er einfach noch nicht wissen, wie lange Samantha ihn jetzt auf *Cardington Manor* brauchen würde.

Danach rief er noch im Waisenhaus von Lamberhurst an und erklärte in knappen Worten, was vorgefallen war und dass Samantha nun vor allem der Schonung bedurfte. In den nächsten Wochen konnte mit ihrem Erscheinen dort auf keinen Fall gerechnet werden.

»Um Himmels Willen! Das arme Kind!«, seufzte Oberschwester Roberta. »Ich wünsche ihr alle Kraft der Welt. Richten Sie ihr das bitte aus? Und Ihnen natürlich auch, Mr ... Äh ... Tomlinson? Passen Sie gut auf Samantha auf! Und auf das Baby!«

»Ich werde mein Bestes versuchen«, versicherte Michael matt.

Am Nachmittag kam der bereits angekündigte Inspektor O'Shaugnessy und nahm die Turmgalerie und das Kuvert in Augenschein.

Er war ein Mann um die Fünfzig, hatte volles, schwarzes Haar, wodurch er wesentlich jünger erschien. Nur im Bereich der Schläfen war es leicht ergraut, was man erst auf den zweiten Blick wahrnahm.

Mit seinen klugen, blauen Augen hatte er die Situation blitzschnell erfasst. Er stellte den immer noch ungeöffneten hellblauen Brief zurück und lehnte ihn wieder an die kleine, grüne Jadefigur. Gerade so, wie Charles den Ort hinterlassen hatte.

Achselzuckend meinte er: »Eigentlich müsste ich ihn als Beweisstück öffnen und mitnehmen zu unserem Graphologen, aber unsereiner hat schließlich auch Gefühle. Ich möchte nicht derjenige sein, der die letzten Worte von Lord Cardington an seine Frau als Erster liest. Für mich ist der Fall sowieso klar und Lady Cardington macht sicherlich schon genug durch.«

Michael dankte dem Inspektor für dessen Feingefühl und versprach, Samantha von seinem Besuch zu berichten.

Inspektor O'Shaugnessy wandte sich zum Gehen. Am Fuß der Wendeltreppe angekommen, hielt er kurz inne und bat noch darum, dass man ihn benachrichtigen würde, wenn Lady Cardington bereit wäre, den Brief zu lesen. Er würde dann sofort dazukommen.

»Nur für eine Schriftprobe ... Der Vollständigkeit halber für die Akte.«

15

S ehr früh am nächsten Morgen erwachte Samantha aus einem Schlaf, der den Mantel des Vergessens über ihr verwundetes Herz hätte breiten sollen. Sie brauchte eine Weile, bis sie sich erinnerte, warum sie im dunkelroten Gästebett des *Boudoirs* lag.

Michael lag neben ihr, seinen Arm schützend über sie gelegt. Als Samantha sich zu strecken begann, erwachte auch er sogleich, als hätte er nur darauf gewartet, ein Lebenszeichen von ihr zu spüren.

Es schien ihm unendlich lange her zu sein, dass sie miteinander geredet hatten. Er sehnte sich danach, dass endlich alles wieder so werden würde, wie es war, bevor dieser unheilbringende Schuss fiel.

Aufmerksam betrachtete er sie. Ihre Blicke trafen sich und er stellte beruhigt fest, dass ihre Augen nicht mehr den entsetzten Ausdruck wie am Vortag hatten. Dr. Mortimer hatte ganz offensichtlich das Richtige getan, indem er Samantha in erster Linie Schlaf verordnet hatte.

Erleichtert lächelte Michael in das zarte, blasse Gesicht, das ihn in diesem Moment an eine zerbrechliche Eierschale erinnerte.

»Wie geht's dir heute, mein Liebling?«, fragte er sie zärtlich.

»Ich weiß nicht ...«

Ihre Stimme klang wie hauchdünnes Glas.

»Wie lange habe ich denn geschlafen?«

Sie scheiterte bei dem Versuch, sich im Bett aufzusetzen. In ihrem Kopf begann sich die Welt zu drehen wie ein langsamer Walzer, und sie ließ sich wieder auf ihr Kissen zurückfallen.

»Nicht so stürmisch!«, ermahnte er sie liebevoll, wobei er sich bemühte, heiter und gelassen zu klingen.

»Du musst schon erst wieder zu Kräften kommen, ehe du dich an solchen Turnübungen versuchst.«

Er läutete nach Rose und schmiegte sich an Samantha wie ein Schiffbrüchiger, der mitten im Meer ein Floß gefunden hatte.

»Du hast mir so gefehlt ... Ich weiß nicht genau, wie lange du geschlafen hast, aber es kam mir wie eine Ewigkeit vor, das kannst du mir glauben. Ich war halb verrückt vor Sorge um dich und unser Baby.«

Samantha streichelte ihren Bauch und schien völlig in sich gekehrt. Michael und seine Liebesbezeugungen nahm sie, wie es schien, nicht zur Kenntnis.

»Liebes, ich habe gestern etwas gefunden. Wie ich glaube, etwas sehr Wichtiges.«

Endlich sah sie ihn an und er fuhr fort: »Ich war in der Bibliothek. Henderson hatte mich zum Telefonieren dorthin gebracht. Oben, auf der Turmgalerie hat Charles einen Abschiedsbrief für dich hinterlassen. Ich habe sofort ...«

»Er hat was?«

Ungläubig starrte sie ihn an.

»Er hat dir persönlich einen Abschiedsbrief geschrieben. *An Samantha, meine einzige Liebe* steht drauf.«

»Hast du ihn etwa gelesen?«, fragte sie ihn entsetzt mit einem merkwürdigen Anflug von Feindseligkeit.

»Nein, natürlich nicht. Niemand hat ihn gelesen. Nicht einmal dieser Inspektor, der deswegen gestern hier war. Extra wegen des Briefs. Ich soll dir aber von ihm bestellen, dass er gerne zugegen wäre, wenn du ihn liest, aber nur wegen einer Schriftprobe.«

Samantha hielt ihre Hände vor ihr Gesicht und flüsterte etwas, das Michael nur bruchstückhaft verstehen konnte:

»Du hast mich also doch geliebt! Oh, Charles ...
Charles ... Es tut mir so leid, dass du dich umgebracht
hast ... Dass das passieren musste ...«

Michael konnte nicht sehen, ob Samantha weinte.

Er hielt sie einfach weiterhin fest und redete beruhigend auf sie ein, um sie zu trösten.

»Alles wird wieder gut ... Sch ...«

Plötzlich schob sie ihn abrupt und mit ziemlicher Kraft
um eine halbe Armeslänge von sich und fuhr ihn geradezu
aggressiv an: »Alles wird wieder gut? Hat sich hier jemand bloß das Knie aufgeschürft und nächste Woche ist
es dann wieder verheilt? Ja? Na, du hast ja Nerven!«

Michael wusste nicht, wie ihm geschah. Er glaubte zunächst, er hätte sich verhört.

Doch sie sah ihn mit festem Blick aus ihren leicht geröteten Augen an. Ihre Stimme bebte leicht, als sie weiter
sprach.

»Ist dir nicht klar, dass Charles noch leben könnte,
wenn du nicht so darauf bestanden hättest, dass wir unbedingt an diesem Sonntag zu ihm fahren? Du hast mich
doch regelrecht dazu überredet, obwohl ich dir immer
wieder gesagt hatte, dass ich es eigentlich lieber verschieben wollte!«

Michael versuchte zu schlucken, doch gegen den Kloß
in seinem Hals, den er augenblicklich empfand, kam er
nicht an. Etwas verzweifelt fing er an zu lachen, um die
Absurdität des soeben Erlebten zu überspielen.

»Das ist jetzt nicht dein Ernst, oder?«

Er hoffte, dass dies nur ein übler Scherz von Samantha
gewesen war, doch als er bemerkte, dass ihn ihre Augen
hart und kampflustig anfunkelten, blieb ihm jeglicher Anflug von Humor in der Kehle stecken.

Und da fuhr sie auch schon fort: »Ich habe ihn sogar
noch oben an seinem Fenster stehen sehen, als wir gerade
aus dem Wagen gestiegen waren. Er hat unser Kommen

beobachtet, hat uns beide miteinander gesehen und wenige Minuten später hat er sich umgebracht. Das heißt für mich ganz klar: Er könnte jetzt noch leben, wenn wir nicht gekommen wären!«

Michael war fassungslos. Seine Arme hielt er noch immer schützend um Samantha gelegt. Als er es bemerkte, zog er sie unsanft zurück und setzte sich im Bett auf.

»Möchtest du mir damit vielleicht sagen, dass ich schuld bin an Charles' Tod?«

»Ja, kann man das auch anders sehen? Ich frage mich die ganze Zeit, wie du es überhaupt nur wagen kannst, dich noch in *Cardington Manor* aufzuhalten nach allem, was du angerichtet hast!«

»Ganz bestimmt hast du damit Recht! Ich trage die Schuld daran, dass dein Ehemann sich umgebracht hat, weil er eure Trennung nie hat verwinden können!«, entfuhr es Michael mit ungewohntem Zynismus.

Kopfschüttelnd setzte er sich auf den Bettrand und kehrte Samantha den Rücken zu. Er verstand die Welt nicht mehr und war tief verletzt.

»Ich würde außerdem sehr gerne wissen, wie das war, als du vor seiner Tür gestanden bist. Was hast du in diesem Moment bloß zu ihm gesagt, dass er sich danach umgebracht hat?«

»Sag mal, Samantha, was ist mit dir los? Hast du deinen Verstand verloren?«

Michael war nun außer sich vor Empörung. Nein, er hatte sich nichts vorzuwerfen! Er hatte stets nach bester Absicht und ausschließlich zu Samanthas Wohl gehandelt und gesprochen! Die ganze Zeit, seit sie sich kannten!

Und was den armen Charles betraf, hatte er diesen nur freundschaftlich dazu überreden wollen, mit ihm von Mann zu Mann zu sprechen.

Michael erhob sich vom Bett, als sie Roses Schritte auf dem Korridor hörten, und öffnete die Zimmertür. Er sagte der Köchin ein paar Worte in den Flur hinaus und verschwand dann im Badezimmer.

Samantha vernahm das Fließen von Wasser und etwas später das unverkennbare Geräusch eines Haarföhns.

Nach einer Weile kam Michael wieder aus dem Bad heraus und begann, sich anzukleiden.

Mit versteinerter Miene wandte er sich danach an Samantha: »Nun, ich halte dir zugute, dass dich die Ereignisse sehr mitgenommen haben. Davon, dass Schwangere manchmal überreagieren, habe ich schon mal gehört. Andererseits«, schränkte er ein, »verstehst du sicher, dass ich nicht warten werde, bis du mir ein zweites Mal nahelegst, von hier zu verschwinden oder mit noch absurderen Anschuldigungen kommst. Ich kann und will außerdem auch nicht länger mit dir unter einem Dach sein, solange du der Meinung bist, dass mich die Schuld an Charles' Tod trifft. Frag doch mal diesen Polizeiinspektor, was er von deinen Behauptungen hält!«

In seine zynischen Worte hatte sich ein kräftiger Schuss Bitterkeit gemischt, kräftig genug, um Samanthas feindselige Festung anzugreifen.

So hatte sie Michael bisher noch nicht erlebt. Sie war plötzlich verunsichert, ob sie nicht doch zu hart und ungerecht gegen ihn gewesen war und begann, ihre spröde Haltung ein wenig zu lockern.

Aus dem Blick, mit dem sie ihn nun ansah, sprachen Verwirrung und Orientierungslosigkeit. Es war so einfach gewesen, ihre Betroffenheit und ihre jede Vernunft verdrängenden Schuldgefühle auf den Menschen zu projizieren, der ihr am Nächsten stand.

Michael nahm seinen Blazer von der Stuhllehne und wandte sich zur Tür.

Samantha war sich nun sicher, dass sie zu weit gegangen war, doch es ließ sich nicht mehr zurücknehmen.

Die Luft, die sie beide jetzt atmeten, war getränkt von Samanthas Anschuldigungen und Vorwürfen.

Die Kluft, die dadurch zwischen ihnen entstanden war, hatte sich inzwischen zu einem klaffenden Abgrund vergrößert, der nun scheinbar unüberbrückbar zwischen ihnen lag. Um diesen so einfach zu überwinden, war ihre Beziehung noch zu jung.

»Wohin gehst du?«

Samanthas Stimme klang plötzlich brüchig.

»Ich habe nicht die leiseste Ahnung ... Auf jeden Fall muss ich jetzt hier erst mal raus! Ein bisschen Abstand wird uns beiden sicher gut tun.«

Er öffnete die Tür.

»Lass mich bitte über Henderson wissen, falls du etwas brauchst«, fügte er noch hinzu.

Dann verließ er das *Boudoir* mit entschlossenen Schritten.

Als Rose wenig später mit einem gut bestückten Frühstückstablett in den Händen die Tür des Gästezimmers öffnete, fand sie Lady Cardington wimmernd unter der Bettdecke kauern. Die andere Bettseite war leer und auch sonst nirgendwo im Raum war dieser nette Mr Tomlinson zu sehen, der ihr kurz davor noch Anweisungen gegeben hatte, das Frühstück von Lady Cardington betreffend.

»Was habe ich nur getan!«, hörte Rose sie schluchzen.

»Ich habe alles kaputt gemacht ...«

»Um Himmels willen, Mylady!«, rief Rose erschrocken.

Die unbedarfte Köchin war mit dieser Situation eindeutig überfordert, hatte sie doch sonst nur selten direkt mit ihrer Herrschaft zu tun gehabt. Meistens waren es nur einfältige, etwas unsensible Küchenmädchen, auf die sie einzugehen hatte.

Und nun lag da Lady Cardington vor ihr, in Tränen aufgelöst, schwanger, überempfindlich – wenn nicht sogar hysterisch – und bedurfte dringender Hilfe.

Sie entledigte sich des Tabletts, indem sie es einfach auf dem Sekretär abstellte.

Im selben Moment, als sie an der dunkelroten Klingelquaste zog, um Henderson zu rufen, fiel ihr ein, dass dieser gar nicht im Haus war. Er war schon früh zu den Pferdeställen aufgebrochen, um den Bediensteten dort die schlimme Nachricht zu überbringen.

So lief sie so schnell sie konnte wieder in die Küche hinunter zum Telefon, um Dr. Mortimer zu verständigen.

»Hallo? ... Hier spricht Rose Atkins, die Köchin auf *Cardington Manor* ... Dr. Mortimer ...? Bitte kommen Sie schnell! Lady Cardington liegt in ihrem Bett und weint und ich weiß nicht, was ich tun soll!«

Der Arzt versprach, sich zu beeilen.

Als er eine knappe halbe Stunde später eintraf, war Samantha noch immer untröstlich.

Er gab ihr Baldriantabletten und bat Rose, sie möge ihr doch so viel heiße Brühe und andere Flüssigkeit einflößen, wie sie nur konnte. Dann wartete er noch ab, bis seine Patientin sich beruhigt hatte.

»Wo ist denn Mr Tomlinson?«, fragte er Rose, die völlig ahnungslos neben ihm stand und als Antwort nur mit den Achseln zuckte.

16

Niemand sonst in *Cardington Manor* hatte etwas von Michael Tomlinsons überstürzter Abreise bemerkt. Nur Henderson war einige Zeit später aufgefallen, als er von den Pferdeställen zurückgekommen war, dass der blaue Geländewagen nicht mehr bei der Auffahrt stand.

Michael war einfach ohne Ziel drauflos gefahren. Er wollte seinen Kopf frei bekommen, seine Gedanken klären und Abstand gewinnen.

Von allem.

Auch von Samantha. Vor allen Dingen von ihr.

Nachdem er fast schon das Ende der dichtbewachsenen Zufahrtsstraße erreicht hatte, hielt er an und stellte den Motor ab. Er atmete ein paar Mal tief durch und starrte ins grüne Dickicht.

War es das Richtige, was er tat?

Bestimmt hätte es bessere Möglichkeiten gegeben, auf diese Situation zu reagieren, aber er wusste keine einzige.

Die Frau, die er liebte, die Mutter seines Kindes, hielt ihn für schuldig am Tod ihres Noch-Ehemanns.

Er fragte sich, wie sie das nur so sehen konnte, schwanger hin oder her. Und wie ihr entgangen sein konnte, dass es ihm ausschließlich um sie und ihr Wohl gegangen war, als er ihr Mut zugesprochen hatte, den Besuch bei Charles einfach hinter sich zu bringen.

Er fühlte sich verkannt und verraten.

»Wäre ich doch bloß niemals diesen verdammten Hügel hinaufgefahren!«, schimpfte er sich laut und startete den Wagen erneut.

Er fuhr die Landstraße in Richtung Winchelsea weiter, bis er auf ein leuchtend buntes Schild aufmerksam wurde, das blank und einladend in der Sonne glänzte.

Three Oaks Inn

verkündete es stolz.

Michael setzte den Blinker und stand zwei Minuten später vor einem hübschen Cottage, das sich im Vergleich zu *Cardington Manor* wie ein Gartenhäuschen ausnahm. Drei stattliche Eichen – die Namensgeber vermutlich – bildeten ein großzügiges Dreieck, in dessen Mitte das schmucke Gasthaus stand.

Es sah freundlich und einladend aus und war offensichtlich erst vor Kurzem renoviert worden. Die hochglänzend lackierte, dunkelgrüne Haustüre mit den schweren Messingbeschlägen zeugte davon. Ebenso die Sprossenfenster, die auf der unteren Etage bis auf den Boden reichten und eigentlich eher Türen zu nennen waren. Auch sie waren offenbar frisch gestrichen, allerdings in Weiß, und bildeten einen reizenden Kontrast zur Fassade des Hauses, die in einem zarten Rosé-Ton gehalten war. Die Terrasse verlief rund um das gesamte Cottage und geleitete den Gast in einen gepflegten Rosengarten. Man konnte sehen, dass jedes der Fenster im Innenbereich von cremefarbenen, bodenlangen Vorhängen umschmeichelt war.

Auf Michael machte das *Three Oaks Inn* einen behaglichen Eindruck.

»Viel zu romantisch für meine Stimmung, aber egal ...«, sagte er zu sich selbst und ging hinein.

Am Empfang saß eine liebenswürdige, sehr gepflegte Dame um die Fünfzig. Sie stellte sich als *Mrs Baldwin* vor und als die Inhaberin dieses kleinen Juwels. Sie trug ein klassisches, dunkelblaues Kostüm und eine Perlenkette. Das graublond gesträhnte Haar war mithilfe einer Samtschleife im Nacken zusammengehalten.

Mrs Baldwins Herzlichkeit war von unaufdringlicher Diskretion. Sie begleitete Michael hinauf in den ersten Stock, sperrte die Tür mit der Nummer *17* auf und überreichte ihm den Schlüssel.

»Angenehmen Aufenthalt, Mr Tomlinson!«, wünschte sie ihm noch und kehrte zurück an den Empfang.

Das Zimmer war genau so sorgfältig und gemütlich eingerichtet, wie alles, was Michael bis dahin vom *Three Oaks Inn* gesehen hatte. Das große Doppelbett und ein Ohrensessel waren mit dem gleichen goldgelben, zartgemusterten Stoff überzogen, aus dem auch die langen Vorhänge waren.

Obwohl die Fenster alle nach Norden zeigten, hatte Michael durch diesen Farbton das Gefühl, sein Zimmer wäre sonnendurchflutet.

Auf einem kleinen, runden Kirschholztischchen neben dem Sessel stand eine Vase mit frischen Wiesenblumen, die so fröhlich leuchteten, als machten sie Reklame für den Sommer.

Michael musste kein Gepäck auspacken, denn er hatte keines dabei – ihr Besuch in *Cardington Manor* war als Einladung zum Tee verstanden worden.

Nachdem er sich kurz mit den Räumlichkeiten vertraut gemacht hatte, setzte er sich in den bequemen Ohrensessel. Er nahm sein Mobiltelefon aus der Innentasche seines Blazers und wählte die Nummer, die er einst unter *Lord Cardington* eingespeichert hatte.

»Hier *Cardington Manor*. Sie sprechen mit Henderson, dem Butler«, ertönte es höflich vom anderen Ende der Leitung.

»Guten Tag, Henderson, hier spricht Michael Tomlinson. Ich wollte Ihnen nur kurz mitteilen, dass ich vorübergehend im *Three Oaks Inn* wohne.«

»Oh, Mr Tomlinson, Ihre Abreise ist mir völlig entgangen! Ist irgendetwas zu Ihrer Unzufriedenheit verlaufen, Sir?«

»Ich musste aus persönlichen Gründen ganz plötzlich abreisen und konnte Sie nicht davon unterrichten, Henderson. Für alle Fälle würde ich Ihnen aber gerne meine Telefonnummer geben und die des Hauses, in dem ich jetzt erst einmal wohne. Ich weiß selbst noch nicht, wie lange ich hier bleiben werde und wie es danach weitergehen wird.«

Henderson war einigermaßen verwirrt über diese Nachricht, doch er notierte gewissenhaft alles, was Mr Tomlinson ihm durchgab.

»Bitte sprechen Sie vorläufig mit niemandem über meinen Anruf!«, betonte er mit Nachdruck und Henderson verstand.

Es entstand eine kleine Pause.

»Wie geht es Lady Cardington?«, fragte Michael dann so beiläufig, wie es ihm möglich war.

»Es tut mir leid, Sir, dass ich im Augenblick nicht davon unterrichtet bin, aber ich habe den ganzen Morgen bis gerade eben bei den Pferdeställen verbracht, um mit den Bediensteten dort zu sprechen. Man wusste dort noch nichts von dem schrecklichen Vorfall. Ich könnte mich aber umgehend nach Lady Cardingtons Befinden erkundigen, Sir, und es Ihnen dann mitteilen, wenn Sie dies wünschen«, erwiderte der Butler pflichtbewusst.

Er mochte diesen Mr Tomlinson.

Michael fuhr in den nächstgelegenen Ort und kaufte ein paar Dinge ein, die es ihm möglich machen sollten, zwei oder drei weitere Nächte fernab von zu Hause zu verbringen.

Als er wieder in seinem Hotelzimmer war, kippte er den Inhalt seiner Einkaufstasche auf das sonnengelbe

Bett. Zum Vorschein kamen eine Zahnbürste, Rasierzeug, ein paar T-Shirts, ein weißes Oberhemd, Unterwäsche und ein Dreierpack schwarzer Socken.

Er verstaute das Waschzeug im Badezimmer und den Rest im Kleiderschrank.

Jetzt kam endlich so etwas wie Ruhe über ihn. Er spürte, wie erschöpft er war. Diese letzten Tage waren doch sehr anstrengend für ihn gewesen.

Er streifte seine Schuhe ab und machte es sich auf dem Bett bequem.

Die Tagesdecke roch nach Sommer, frisch gewaschen und sauber. Michael genoss die Geborgenheit, die das kleine Hotel ihm bot.

Im Schutz dieses warmen Refugiums, abseits von *Cardington Manor*, setzte endlich die ersehnte Entspannung ein. Während er die Augen schloss, schwanden seine Gedanken dahin und die bestürzenden Ereignisse der letzten Tage verließen den Raum wie Gespenster nach dem Spuk.

Michael wusste nicht, wie lange er geschlafen hatte, als er von der aufdringlichen Melodie seines Mobiltelefons geweckt wurde. Er drückte auf die grüne Taste und lauschte.

»Mr Tomlinson? Hier spricht Henderson«, erklang die vertraute, vornehme Stimme.

»Sie hatten sich doch nach dem werten Befinden von Lady Cardington erkundigt und ich wollte Ihnen nun mitteilen, Sir, dass es ihr nicht sehr gut geht. Vielmehr, es geht ihr ziemlich schlecht, Sir, und sie verlangt nach Ihnen.«

»So, so«, erwiderte Michael bitter und unterdrückte ein Gähnen.

»Ja, Mr Tomlinson, Lady Cardington ist verzweifelt wegen Ihrer plötzlichen Abreise. Ich wollte Sie um ihretwillen fragen, Sir, ob es Ihnen nicht vielleicht doch möglich wäre, nach *Cardington Manor* zurückzukehren.«

»Das kann ich leider nicht, Henderson. Wenn Sie wüssten, was zwischen Lady Cardington und mir vorgefallen ist, würden Sie mir diese Frage bestimmt nicht gestellt haben.«

»Natürlich weiß ich nichts von den Dingen, die zwischen Ihnen vorgefallen sind. Das verbietet mir schon meine Diskretion, aber ...«

»Ich danke Ihnen für die gute Absicht, Henderson«, fuhr Michael dem freundlichen Butler ins Wort.

Er hatte nichts mehr zu verlieren und es brach regelrecht aus ihm heraus, »aber solange Lady Cardington der Meinung ist, ich wäre schuld am Tod von Charles, ich meine Lord Cardington, kann und werde ich nicht zurückkommen. So gerne ich es auch würde und so sehr ich Samantha auch liebe. Verstehen Sie das, Henderson? Sie, als Ehrenmann!«

»Selbstverständlich verstehe ich das, Sir. Das muss alles sehr schlimm für Sie gewesen sein.«

Henderson sprach mit Michael Tomlinson mit der ihm eigenen Loyalität.

»Es steht mir natürlich nicht zu, mich einzumischen, Sir, aber ...«

Er zögerte weiterzusprechen.

»Was möchten Sie mir denn sagen, Henderson?«

»Wenn ich mir noch eine Bemerkung erlauben darf, Sir ...«

»Ja, bitte! Sprechen Sie nur!«

»Nun ...« Der sonst so wortgewandte Henderson geriet ins Stammeln.

»Sie hat doch so viel durchgemacht ... in den Jahren, als sie noch hier gelebt hat ... verzeihen Sie mir, Sir«, unterbrach er sich abrupt, »meine Indiskretion ist unverzeihlich!«

»Jetzt seien Sie nicht so streng mit sich, Henderson! Sie selbst haben doch auch sehr viel durchgemacht in der letzten Zeit, nicht wahr? Von den Eheproblemen bis hin zur Trennung und jetzt noch dieser fürchterliche Selbstmord Ihres Dienstherrn. Sie sind wahrhaftig ein guter Freund dieser Familie!«

Er hörte nur ein Schlucken vom anderen Ende der Leitung und fuhr fort: »Auf Ihre Frage, die Sie mir am Anfang dieses Gesprächs gestellt haben, möchte ich Ihnen Folgendes antworten: Ich kann erst dann zurückkommen, wenn Samantha, ich meine Lady Cardington, mich selbst darum bittet und das zurücknimmt, was sie gesagt hat. Keine Sekunde eher. Das verbieten mir meine Selbstachtung und mein Stolz. Nun danke ich Ihnen für Ihren Anruf, Henderson. Auf Wiederhören!«

Ohne den Gegengruß abzuwarten, unterbrach Michael das Gespräch.

Es war inzwischen früher Nachmittag geworden. Michael erkundigte sich an der Rezeption, ob man ihm noch etwas zu Essen servieren könnte.

Wenig später saß er, zusammen mit ein paar anderen Gästen, die Kaffee tranken, auf der sonnigen Terrasse des *Three Oaks Inn*. Er bestellte sich eine gebackene Kartoffel mit Salatteller und gebratenen Austernpilzen und zum Nachtisch noch ein Stück Butterkuchen mit einer Tasse Kaffee.

Eine zarte Brise wehte einen wundervollen Duft nach Äpfeln und Zitronen aus dem benachbarten Rosengarten herüber. Michael hatte an der Rezeption erfahren, dass dieser eine kleine Sehenswürdigkeit wäre, mit berühmten, preisgekrönten und alten englischen Rosensorten.

Hätten andere Umstände ihn hierher geführt, wäre es ein vollkommener Nachmittag gewesen.

Er plauderte noch ein wenig mit seinen Tischnachbarn, die jedoch bald darauf das Lokal verließen, um zu einem Spaziergang in die nähere Umgebung aufzubrechen.

Dann war er wieder mit sich und seinen Gedanken allein.

Bis jetzt hatte er kein Zeichen der Versöhnung von Samantha erhalten. Es war ihr also doch ernst mit ihren Vorwürfen und nicht etwa so, wie Henderson es in seiner vermittelnden Art angedeutet hatte.

Michaels Mobiltelefon lag inzwischen vor ihm auf dem Tisch, damit er nicht Gefahr laufen konnte, Samanthas Anruf zu verpassen, falls er denn käme.

Aber sie rief nicht an.

Er fragte an der Rezeption nach, doch auch dort versicherte man ihm nachdrücklich, dass bestimmt niemand versucht hatte, ihn telefonisch zu erreichen.

Er hinterließ dort, dass er einen Spaziergang zu den nahe gelegenen Flussauen des *River Brede* unternehmen wollte, angeregt durch die nette Unterhaltung bei Tisch.

Von der hilfsbereiten jungen Dame am Empfang, bei der es sich augenscheinlich um Miss Baldwin handelte, erfuhr er noch, dass sich an den Ufern des Flusses besonders hübsche Plätze befanden, die schon einigen Malern der Romantik als Motiv gedient hatten und auf berühmten Gemälden zu sehen waren.

Er dankte höflich für die Information und tat interessiert, doch in Wahrheit war es ihm gleichgültig. Er wollte nur weg. Irgendwo hin, wo er vielleicht abgelenkt werden würde von seinen ständig kreisenden Gedanken.

Mit schnellen Schritten schlitterte er den kleinen Abhang zum Fluss hinunter und sah noch einmal auf sein Telefon, als ob er das Klingeln überhört haben könnte. Aber das Display zeigte noch immer kein Zeichen von Samantha.

Erst in der Dämmerung kehrte Michael zu seiner neuen Unterkunft zurück. Schon von Weitem sah er das Haus in eine zauberhafte Beleuchtung getaucht.

Auf der Terrasse herrschte Hochbetrieb. Fast jeder Tisch war besetzt. Unter den Gästen befanden sich einige verliebte Paare, die, ineinander versunken, im Kerzenschein saßen. Sie lauschten dabei romantischer Klaviermusik, die ein Pianist auf einem Flügel im Inneren des Gasthauses spielte.

Einen kurzen Moment lang beobachtete Michael diese Szenerie und es tat ihm weh. Wie gerne hätte er dort jetzt mit Samantha gesessen und ihre Hand gehalten.

Er hätte das Hotel sofort über diese Terrasse betreten können, doch er lief lieber um das ganze Haus herum zur Vordertür – nur weg von dieser Musik!

An der Rezeption bestellte er sich ein Abendessen auf sein Zimmer und eine kleine Flasche *Single Malt Whisky*.

Er ging hinauf, schaltete den Fernsehapparat ein und richtete es sich auf dem Bett ein.

Trotz der berieselnden Ablenkung verfiel er nach einer Weile wieder ins Grübeln. Er fragte sich, ob es denn wirklich sein konnte, dass Samantha es darauf anlegte, alles kaputt zu machen, was sie miteinander hatten. Und was sie wohl glaubte, wie oft man in einem Leben die Chance hat, seiner großen Liebe zu begegnen.

Er hatte sich doch so sehr auf das Baby gefreut und jetzt schien es so, als wäre alles aus und vorbei.

Als die gefühlvolle Musik durch das geöffnete Fenster in sein Bewusstsein drang, sperrte er diese kurzerhand aus, indem er es geräuschvoll schloss.

»So eine Unverschämtheit! Dieses nervtötende Gedudel! Als wären sie allein auf der Welt!«, hörte er sich schimpfen und es hörte sich nicht nach ihm an.

Ein letzter, ergebnisloser Blick auf sein Telefon machte ihn wütend. Er feuerte es mit aller Wucht in den Ohrensessel, der wie ein gelber Teddybär stumm in der Ecke stand und nichts dafürkonnte.

17

Michael traf fast der Schlag, als er halb schlafend und mit noch geschlossenen Augen an sein Telefon gegangen war.

»Mikey ...? Ich bin's, Patty ...«

Eine melodische, fast singende Stimme drang ihm unerträglich gut gelaunt ins Ohr und folterte sein Trommelfell.

Nein, das war nicht die Frau, mit deren Anruf er gerechnet hatte. Es war seine ehemalige Freundin Patricia, die sich ein knappes Jahr zuvor von ihm getrennt hatte.

»Hallo, Pat, was gibt's?«, nuschelte er enttäuscht in den kleinen Apparat.

»Ach, ... ich wollte nur mal so hören, wie's dir geht.«

»So, so.«

Er war drauf und dran wieder einzuschlafen.

»Und? Wie geht's dir also? Mach's nicht so spannend!«, forderte sie aufgekratzt.

»Ganz gut ... Und dir?«

»Auch ganz gut! Was machst du so?

»Im Augenblick schlafe ich noch ...«

»Tut mir leid, wenn ich dich geweckt habe.«

Es entstand eine kleine Pause, in der Michael herzhaft gähnte.

»Bist du gerade allein?«, wollte sie wissen.

»Ja. ... wie spät ist es denn eigentlich?«

»Kurz vor zwölf.«

»Nacht oder Mittag?«

»Mittag. Wenn du mal deine Augen aufmachst, wirst du sehen, dass ich Recht habe.«

»Mittag? ... Oh!«

Nachdem er sich vergewissert hatte, spürte er einen pochenden Kopfschmerz.

»Meine Augen lasse ich wohl doch besser zu. Ich hatte gestern Abend nämlich ein Rendezvous mit einem ausgezeichneten *Single Malt* ...«

»Hast du Probleme? Ich meine nur, weil du solche Rendezvous früher nur hattest, wenn's Probleme gab.«

»Kann man wohl sagen ...«

»Kann ich dir helfen?«

»Nein, ich glaube nicht. Aber danke ...«

Dann ließ Patricia endlich den Grund ihres Anrufs vernehmen: »Bist du eigentlich inzwischen wieder in einer Beziehung?«

»Schwer zu sagen im Augenblick. Und du?«

»Nein ... ich hab' mich letzten Monat von Dave getrennt.«

Diese Nachricht katapultierte Michael in eine aufrechte Sitzposition. Er war schlagartig hellwach geworden und lehnte sich ans Kopfteil seines Bettes.

»Ach was! Obwohl er doch so viel mehr Zeit für dich hatte als ich? Das ist ja merkwürdig!«

»Na, ja ... Zeit ist eben nicht alles«, drang es etwas kleinlaut aus dem Hörer.

»Natürlich nicht! Aber dieser wunderbare Dave hatte ja noch so viele andere Qualitäten! Das hat mich damals doch sehr beeindruckt ...«

Sie entgegnete darauf nichts und er fuhr fort: »Er war doch so toll, dass du für ihn unsere Beziehung nach vier Jahren einfach von heute auf morgen in den Eimer getreten hast! Weißt du nicht mehr? Ich kann mich noch genau an das Gefühl erinnern, als du mir die frohe Botschaft mitgeteilt hast ...«

»Michael, es tut mir heute unendlich leid, dass ich dich damit so sehr verletzt habe! Ich weiß nicht mehr, was damals in mich gefahren war ...«

»Na, die große Liebe eben! So ein wunderbares Erlebnis vergisst man doch nicht!«

Michael staunte über sich selbst, wie sarkastisch er sein konnte, trotz seines Brummschädels.

»Ach, hör auf ...« Patricia seufzte in den Hörer. »Es war nicht die große Liebe ...«

»Dumm gelaufen offenbar! Hat sich dein Prinz in einen Frosch verwandelt oder was ist passiert?«

Er konnte sich seine Schadenfreude nicht verkneifen.

»So ähnlich ... Ich wünschte, ich könnte die Zeit zurückdrehen.«

»So, so. Und was würdest du dann tun?«

»Mich gar nicht erst von dir trennen.«

»Die Zeit lässt sich aber nicht zurückdrehen«, stellte er kühl fest und genoss seine Position in dieser Unterhaltung redlich.

»Ich liebe dich noch immer, Michael.«

»Und das fällt dir jetzt ein?«

Er lachte laut auf. »Nach einem Jahr?«

Patricia begann zu weinen: »Nein, das wusste ich schon, kurz nachdem ich mit dir Schluss gemacht hatte, aber da war es ja längst zu spät.«

»Allerdings. Das war es ... Ja, was hat denn der arme, tolle Dave dazu gesagt, dass du noch immer deinen Ex-Freund liebst?«

Er kostete seine Genugtuung fast schamlos aus.

Die arme Patricia bekam unterschwellig all die Wut zu spüren, die eigentlich an Samantha adressiert war, und schluchzte nun hemmungslos in den Hörer: »Ja, ich hab' Fehler gemacht. Sogar einige ... Hast du jetzt endlich deinen Triumph gehabt?«

»Ja. Doch. Ein wenig«, antwortete er ungerührt und überprüfte währenddessen seine Fingernägel auf Sauberkeit.

»Und? Könntest du mir meine Fehler vielleicht auch verzeihen?«

»Klar! Du hast mir zwar sehr weh getan damals, als du mich wegen dieses Wunderknaben einfach so abserviert hast, aber ich habe dir das längst verziehen.«

Es entstand eine Pause, dann fragte sie: »Meinst du, du könntest mir noch eine Chance geben?«

»Eine Chance? Wozu?«

Er wusste genau, was sie meinte, doch er stellte sich lieber dumm.

»Meine Fehler wieder gutzumachen, meine ich.«

»Und wie willst du das anstellen?«

»Ach, Mike! Nun lass mich doch nicht so zappeln! Könntest du dir vorstellen, dass wir beide es nochmal miteinander versuchen? Unsere Beziehung war doch eigentlich immer schön und harmonisch und ...«

»Ja, das hatte ich auch gedacht damals. Bis du mir erklärt hast, dass es doch nicht so war und was du alles zu erleiden hattest mit mir. Und dann hat dich aber – Gott sei Dank – der heilige Dave von deinen Qualen erlöst.«

»Ja, das war blöd von mir, ich gebe es zu. Bitte glaub mir, ich wollte dich damit nicht verletzen. Um ehrlich zu sein, wollte ich dich damals eigentlich nur eifersüchtig machen mit Dave, aber die Sache hat sich dann irgendwie verselbstständigt.«

»Der Schuss ist ja dann wohl kräftig nach hinten losgegangen, oder?«

Dieses Gespräch war wirklich der reinste Balsam für Michaels angekratzte Seele.

»Ja ... Ich bereue das alles zutiefst ... Und was meinst du nun: Versuchen wir es nochmal miteinander?«

»Darauf kann ich dir leider zurzeit keine Antwort geben, Patty. Hättest du mich das vorgestern gefragt, hätte ich gesagt: *Niemals. Ich bin vergeben.*«

»Ach! Und heute bist du nicht mehr vergeben?«

»Wenn ich das wüsste! Auf jeden Fall bin ich nicht frei, weil mein Herz vergeben ist.«

»Das heißt, du liebst jemanden?«

»Ja.«

»So ernst?«

»Och«, beschwichtigte er ironisch, »wir wollten nur unser Leben miteinander verbringen und uns auf unser Baby freuen.«

Hörbares Schweigen vom anderen Ende der Verbindung. Diese Nachricht hatte Patricia sprachlos gemacht.

Michael verstand ihre Reaktion, war doch dieses Thema zwischen ihnen beiden das heiße Eisen schlechthin gewesen.

»Ich weiß genau, was du jetzt denkst, Patty. Ich steh' doch selber völlig neben mir, weil mich diese ganze Sache so glücklich macht. Ich kenne mich selbst nicht mehr. Mir ist klar, das passt nicht zu dem Menschen, der ich noch vor ein paar Monaten war.«

Patricia erholte sich langsam aus ihrer Schockstarre.

»Du wirst Vater? ... Du? ... Damit wolltest du doch noch mindestens fünf Jahre warten!«

»Pat, ich weiß gerade selbst nicht, was ich werde oder nicht oder ob ich vergeben bin oder nicht. Wir haben gerade eine ziemlich heftige Krise, verstehst du? Vielleicht ist die Beziehung auch schon wieder vorbei, ohne dass es mir offiziell mitgeteilt wurde. Auf jeden Fall danke ich dir sehr für deinen Beziehungsantrag. Er hat mir wirklich gut getan. Langsam hatte ich nämlich das Gefühl, ich wäre – beziehungstechnisch gesehen – ein Totalversager.«

»Nein, das bist du nicht. Das warst du auch nie.«

»Ich werde über deinen Vorschlag nachdenken.«

»Versprochen?«

»Versprochen«, sagte er und drückte die rote Taste seines Telefons. Bei dieser Gelegenheit untersuchte er es gleich nach einem möglichen Hinweis auf eine Nachricht von Samantha.

Immer noch nichts.

»Na, dann halt nicht! Andere Mütter haben bekanntlich auch schöne Töchter!«, sagte er aufmunternd zu sich selbst.

Er stand auf, um zu duschen, befreite die neugekauften Kleidungsstücke von den Preisschildern und zog sich frisch an.

Dann begab er sich hinunter auf die Sonnenterrasse, wo er eine kräftige Mahlzeit und viel schwarzen Kaffee zu sich nahm.

Es saßen zwar noch mehrere Gäste in seiner Nähe, doch Michaels Gesprächsbedarf war nach Patricias Anruf erst einmal gedeckt. Außerdem brummte sein Schädel nach dem Whiskey, mit dem er seine Gedanken betäubt und sich in Schlaf versetzt hatte.

Seine Stimmung war zwar nicht besonders rosig, doch das Telefonat mit Patricia hatte sein angeknackstes Selbstbewusstsein eindeutig wieder aufgemöbelt.

Falls Samantha sich bis zum Fünf-Uhr-Tee nicht gemeldet haben sollte, wollte er sofort nach London zurückfahren. Dann wäre er durch seine Arbeit wenigstens von seinem Kummer abgelenkt.

Er überlegte, wie er diese nächsten drei Stunden bis dahin verbringen könnte. Der Spaziergang am Vortag hatte ihm sehr gut gefallen und so beschloss er, diese kleine Unternehmung gleich nach dem Essen zu wiederholen. Er sagte noch kurz am Empfang Bescheid und schlenderte leichtfüßiger als am Tag zuvor hinunter in die Flussauen.

18

Michaels Verschwinden hatte Samantha in die Realität zurückkatapultiert. Sie kam sich vor wie jemand, der durch eine überraschende Ohrfeige aus einer Ohnmacht erwacht ist und nun langsam wieder zu klarem Bewusstsein kommt. Wenn sie an die Auseinandersetzung mit Michael dachte und an das, was dazu geführt hatte, verstand sie die Welt nicht mehr. Vielmehr war es ihr nun geradezu ein Rätsel, wie sie überhaupt darauf hatte kommen können, Michael diese furchtbare Schuld vorzuwerfen. Ausgerechnet ihm!

Sie wollte ihn unbedingt so schnell wie möglich um Verzeihung bitten, falls es nötig wäre, sogar auf Knien. Sie hatte die feste Absicht, sich den Mann zurückholen, den sie liebte – wenn es noch nicht zu spät war.

Denn schließlich kannte sie Michael: Er hatte seinen Stolz und den hatte sie mit ihren Anschuldigungen sehr verletzt.

Auch körperlich kehrte Samantha langsam ins Leben zurück und sie hatte es nun sogar richtig eilig damit, wieder zu Kräften zu kommen.

Nach zwei Scheiben Buttertoast mit von Rose hausgemachtem Brombeergelee und reichlich Tee zum Frühstück bekamen ihre Wangen langsam den rosigen Schimmer zurück. Und durch die kräftige Gemüsesuppe, die Rose ihr auch an diesem Tag als Zwischenmahlzeit serviert hatte, fühlte sie sich bereits viel besser; sie aß mit großem Appetit.

Mit jeder Stunde mehr konnte Samantha noch weniger nachvollziehen, was vor Kurzem noch in sie gefahren war und sie machte sich schwere Vorwürfe.

Rose versuchte, sie zu beruhigen, indem sie ihr sagte, dass Schwangere dazu neigten, Dinge zu tun, die sie unter anderen Umständen nicht tun würden. Das sei schließlich eine allgemein bekannte Tatsache.

Samantha entnahm einer unbedachten Äußerung Hendersons, dass der wusste, wo Michael sich in diesem Moment aufhielt. Sie umgarnte den alten Mann daraufhin mit ihrem ganzen Charme, um ihm sein Geheimnis zu entlocken.

Als loyaler Diener weigerte sich Henderson jedoch standhaft, ihr den Aufenthaltsort preiszugeben; er wand sich wie ein sehr höflicher Aal. Immerhin stand er diesem netten Mr Tomlinson doch im Wort, hatte er ihm bei seiner Butler-Ehre versprochen, niemandem etwas zu verraten. Dies war sicher eine der schwersten Gewissensprüfungen für ihn, in all seinen vielen Berufsjahren.

Aber Samantha ließ nicht locker. Zuviel stand für sie auf dem Spiel.

Nach reiflicher Überlegung kam Henderson zu dem Schluss, dass ihm eigentlich nichts anderes übrig blieb, als Lady Cardington den Aufenthaltsort von Mr Tomlinson mitzuteilen, wenn er einer Aussöhnung nicht im Wege stehen wollte. Schließlich wartete dieser auf ein Zeichen der Einsicht und Verständigung von Lady Cardington.

Diese jedoch dachte offenbar nicht einmal im Traum daran, Mr Tomlinson etwa nur anzurufen, sondern wollte ihn unbedingt persönlich um Verzeihung bitten.

Henderson gab den Ort schließlich preis, indem er leise andeutete, wo im Haus er für gewöhnlich seine Notizen hinterließ, während er telefonierte.

Dankbar ließ sich Samantha von Henderson zum *Three Oaks Inn* chauffieren und entließ ihn anschließend wieder nach Hause. Ihre Beine fühlten sich nach der langen Zeit der Bettruhe noch weich und irgendwie schwammig an und wollten ihr kaum gehorchen. Doch sie war fest entschlossen, diesen Weg allein zu gehen.

Im Hotel erfuhr sie, dass Michael hinuntergegangen war zum nahe gelegenen Fluss.

Samantha kannte diesen ausgesprochen malerischen Uferweg des *Brede* nur zu gut: Einige Male war sie entlang des Flusses gegangen. Am Anfang ihrer Ehe noch gemeinsam mit Charles. Später dann allein, wenn sie es unter einem Dach mit ihm nicht mehr ausgehalten hatte.

Samantha hatte an diesem Tag ein blaues, viel zu weites Umstandskleid angezogen, das Frances noch in einem der Kleiderschränke gefunden hatte.

Charles hatte damals vorsorglich eine komplette Erstausstattung für Mutter und Kind gekauft. Er hatte damit Samanthas Vorfreude schüren wollen, doch die fühlte sich bei deren Anblick nur immer quälend daran erinnert, was bei ihr einfach nicht klappen wollte.

Jetzt freute sie sich darüber, dass all die Dinge noch aufbewahrt worden waren. Plötzlich hatte alles einen Sinn.

Mit vorsichtigen Schritten und sehr viel langsamer als ihr gewohntes Tempo, machte sie sich auf den Weg. Der führte sie eine Böschung hinunter, wo durch Wurzeln und Steine eine natürliche Treppe entstanden war. Gelegentlich gab es sogar Äste oder Vorsprünge, an denen sie sich festhalten konnte. Der Fluss war bereits zu sehen und das grelle Sonnenlicht, das sich glitzernd darauf brach, blendete Samantha nach den Tagen im abgedunkelten Zimmer.

Und so bemerkte sie nicht sofort, dass ihr in etwa zwanzig Metern Entfernung ein Spaziergänger entgegenkam, von dem sie im Gegenlicht nur die Umrisse erkennen konnte. Den Bewegungen nach zu urteilen, war es ein jüngerer Mann.

Plötzlich blieb sie stehen und ihr Herz begann zu rasen, denn der Mann, der da – nichtsahnend, seinen Blick zu Boden gerichtet – auf sie zuging, war Michael.

Ihr Michael, den sie so sehr verletzt hatte.

Er wirkte traurig und niedergeschlagen und es beschämte sie zutiefst, dass er es ihretwegen war.

Michael hätte wohl eher damit gerechnet, in diesen Flussauen einem Grizzly zu begegnen als Samantha, die er sich in ihrem Zustand bestenfalls in einem Liegestuhl auf einer der Terrassen von *Cardington Manor* vorstellen konnte. Dass sie persönlich zu ihm kommen würde, hätte er nie gedacht.

Er erschrak fürchterlich darüber, wie elend sie aussah, doch er ließ es sich nicht anmerken.

Mit wackeligen Schritten kam sie auf Michael zu, bis sie sich auf einem halben Meter gegenüberstanden.

Ihre Augen blickten ihn wieder so zärtlich an, wie er es von ihr kannte. Sie wollten ihm so vieles sagen, wollten ihn um Verzeihung bitten, aber sie standen in Tränen, wie zwei Fässer, die bis über den Rand gefüllt waren und jeden Moment überzulaufen drohten.

Auf der Fahrt hierher hatte sie sich genau zurechtgelegt, was sie Michael alles erklären und wie sie ihm ihr merkwürdiges Verhalten begreiflich machen wollte. Doch jetzt, wo er ihr gegenüber stand und sie so überrascht ansah, brachte sie kein einziges Wort heraus. Es tat ihr einfach nur unendlich weh, dass sie so nah daran war, das Wichtigste in ihrem Leben zu verlieren. Und dass Michael das für sie war, das wusste sie jetzt.

Michael machte einen Schritt auf sie zu, nahm sie einfach in die Arme und hielt sie fest. Sie brauchte gar nichts mehr zu sagen. Fast schämte er sich jetzt dafür, dass er auf einem Zeichen von ihr bestanden hatte. Er kam sich nun vor, als hätte er eine schwache, kranke und überdies noch von Schwangerschaftsbeschwerden geplagte Frau dazu genötigt, an einem Marathonlauf teilzunehmen.

»Verzeih mir ... bitte, verzeih mir ...«, flüsterte sie immer wieder, das tränennasse Gesicht in Michaels T-Shirt vergraben.

»Sch ... es ist gut ... alles kommt wieder in Ordnung ...«

Michaels Augen waren inzwischen ebenfalls feucht geworden. Ein alter Schlagertext kam ihm in den Sinn, der besang, wie unendlich gut man sich doch nach einer Versöhnung mit dem oder der Liebsten fühlt:

Reunited and it feels so good.

In noch einiger Entfernung sah er eine Gruppe von Spaziergängern, die laut und fröhlich auf sie zu marschiert kam.

»Ich bringe dich jetzt wohl besser auf mein Zimmer. Da sind wir ungestört.«

Er legte einen Arm um ihre Schultern und führte sie sanft in die Richtung des kleinen Hotels.

In diesem Moment wusste er, wie es sein würde, wenn ihr gemeinsames Kind geboren sein würde. Die neue Rolle als Beschützer und Ernährer seiner eigenen kleinen Familie gefiel ihm und er fühlte, dass dieses neue Bewusstsein bis dahin ungeahnte Kräfte in ihm freisetzen konnte.

Patricias Anruf und ihr Vorschlag, über den er auf seinem Spaziergang noch intensiv nachgedacht hatte, waren jetzt in weite Ferne gerückt.

Mit behutsamen Schritten erklommen sie gemeinsam die kleine Anhöhe, die vom Flussufer des *Brede* zum *Three Oaks Inn* führte.

Am Empfang bestellte er noch Tee und Sandwiches, dann gingen sie hinauf in sein Zimmer.

Michael half Samantha dabei, sich hinzulegen und schob ihr ein großes Kissen so unter den Rücken, dass sie halb aufrecht liegen konnte. Ihre Schuhe stellte er vor das Bett.

Dann klopfte es und der Tee wurde gebracht. Michael nahm das liebevoll mit einer duftenden Rose arrangierte Tablett an der Tür in Empfang und platzierte es so neben Samantha, dass er sich auch noch daneben setzen konnte. Die sonnengelbe Tagesdecke gab ein prächtiges Tischtuch ab.

Ohne viel zu reden, tranken sie den Tee und aßen hübsch verzierte Gurkensandwiches.

Danach schmiegten sie sich aneinander und genossen es, sich wie nach einer Ewigkeit wieder zu spüren.

Nach einer Weile vertrauten Schweigens fragte Michael: »Sollen wir lieber gleich nach *Cardington Manor* zurückfahren, Sammy? Möchtest du das?«

»Ich würde lieber hier bleiben heute Nacht, wenn es dir nichts ausmacht. Das große Haus ... Die Atmosphäre dort ist für mich irgendwie immer noch genau so beklemmend wie früher.«

»Wie du möchtest, Liebes. Ich empfinde das zwar nicht so, aber der Abstand wird uns jetzt sicher gut tun. Und morgen sehen wir weiter.«

»Ja, morgen ...«, und es dauerte nicht lange, da war Samantha in Michaels schützenden Armen eingeschlafen.

19

M it dem guten Gefühl, ihre erste Krise gemeinsam gemeistert zu haben, fuhren sie am Vormittag zurück nach *Cardington Manor*.

Henderson war verständigt worden und hatte von Michael den Auftrag erhalten, Inspektor O'Shaugnessy ebenfalls dorthin zu bestellen.

Samantha hatte Charles' Abschiedsbrief in Michaels Abwesenheit nicht lesen wollen, doch jetzt brannte sie darauf, zu erfahren, was er ihr noch hatte sagen wollen.

Als sie ankamen, stand bereits ein ziviler Polizeiwagen in der Auffahrt. Henderson half Samantha behutsam aus dem Wagen.

»Wie schön zu sehen, Mylady, dass es Ihnen offensichtlich wieder gut geht.«

Samantha sah in der Tat um Klassen besser aus als auf der Fahrt hin zum *Three Oaks Inn*. Ihre Wangen hatten wieder ein wenig Farbe bekommen und ein glückliches, erleichtertes Lächeln lag auf ihren hübschen Zügen. Die Schatten unter ihren Augen waren nicht mehr ganz so dunkel; sie wirkte auf Henderson, als wäre sie auf dem besten Weg, den tragischen Vorfall zu verwinden.

Inspektor O'Shaugnessy wartete bereits in der Bibliothek und blätterte ehrfurchtsvoll in einem sehr alten Werk, das er aus einem Bücherregal genommen hatte. Als er ihr Kommen bemerkte, stellte er es wieder an seinen Platz zurück.

Man begrüßte sich und der Inspektor sprach Samantha sein Beileid aus. Dann stiegen sie gemeinsam die Wendeltreppe zur Turmgalerie hoch und standen erst eine Weile beklommen um Charles' Sekretär herum.

Der Abschiedsbrief lehnte noch immer an der antiken Jademiniatur. Niemand hatte die Bibliothek seither betreten können, da Henderson, auf Michaels Bitte hin, die Tür abgeschlossen hatte.

Inspektor O'Shaugnessy nickte Samantha aufmunternd zu. Sie wechselte erst einen Blick mit Michael, dann nahm sie das hellblaue Kuvert in die Hand.

»Möchtest du dich nicht lieber setzen, Liebes?«

Michael rückte fürsorglich den Schreibtischstuhl heran und Samantha war ihm dankbar.

»Muss ich ihn sofort ... ich meine, kann ich den Brief zuerst allein lesen?«, fragte sie verunsichert.

»Selbstverständlich, Lady Cardington«, erwiderte der Inspektor und zog sich diskret an eines der Panoramafenster zurück.

Auf Samanthas Wunsch hin, blieb Michael neben ihr stehen. Sie drehte den Brief herum und betrachtete andächtig das leuchtend rote Siegel, mit dem das Kuvert verschlossen worden war. Das war wahrscheinlich das letzte Mal gewesen, dass Charles seinen geliebten Siegelring benutzt hatte, der seit Hunderten von Jahren in Familienbesitz gewesen war und den auch er so gerne an seinen Stammhalter weitergegeben hätte.

Sie brach die Plakette auf und zog ein Schreiben heraus, das sie entfaltete.

Samantha, meine Liebe!

Bitte verzeih mir! Mein Freitod muss Dich sehr erschreckt haben. Ich möchte Dir auf diesem Weg erklären, warum ich es getan habe, ja, tun musste.

Ich wäre der erste Cardington, der keine Nachkommen hätte zeugen können mit der Frau, die er so innig liebt.

Ich kann mit dieser Schande einfach nicht leben, dass es an mir lag, dass Du nicht schwanger wurdest. So wurde ich erzogen und so ist es wohl auch schon in meinen Genen verankert. Und dass ich Deine Liebe darüber verloren habe, ist etwas, das ich mir niemals würde verzeihen können. Ich habe als Ehemann also in mehrfacher Hinsicht versagt. Mit meinem Freitod kann ich mein Leben wenigstens als Ehrenmann beschließen, wenn schon nicht als guter Ehemann.

Samantha, so, wie ich es in der Vergangenheit immer getan habe, möchte ich Dir auch in der Zukunft mein Paradies zu Füßen legen. Möge Dir mein geliebtes Cardington Manor mehr Glück bringen, als es mir gebracht hat!

Ja, meine Liebe, Du hast richtig gelesen: Ich setze Dich hiermit als Alleinerbin ein. Das ist ausdrücklich mein Letzter Wille. Da wir bis jetzt nicht in Scheidung gelebt haben, wird das auch niemand aus meiner weit verzweigten Familie je anfechten können.

Es wäre mein größter Herzenswunsch, dass Du hierher zurückkehrst, wo Du, wie ich finde, auch hingehörst. Wenigstens werden es dann einmal Deine Kinder sein, die hier aufwachsen, wenn schon nicht die Meinen.

Einen letzten, großen Wunsch hätte ich aber noch an Dich: Bitte verstreue meine Asche auf Cardington Manor. Vielleicht an einem schönen Frühlingstag, wenn das Leben wieder erwacht. Das würde mir unendlich viel bedeuten.

Bitte, verzeih mir all den Kummer, den ich Dir bereitet habe, und behalte mich trotzdem in guter Erinnerung, wenn Du kannst!

Dein Dich auf ewig liebender

Charles

Samantha ließ das Blatt sinken.

Tränen tropften nun auf das blassblaue Papier und begannen an ein paar Stellen die Tinte aufzulösen.

Michael reagierte geistesgegenwärtig und entzog Samantha sanft den Brief, um ihn dann an den Inspektor weiterzureichen. Dieser überflog ihn kurz und legte ihn auf den Schreibtisch, um ihn zu fotografieren.

»Mylady, ich danke Ihnen verbindlichst.«

Inspektor O'Shaugnessy verabschiedete sich mit einer angedeuteten Verbeugung und stieg die schmale Treppe wieder hinunter.

»Ich begleite Sie noch hinaus«, sagte Michael nach einem kurzen Blick auf Samantha und folgte dem Inspektor. Ohne dass sie es ihm gesagt hatte, wusste er, dass sie jetzt eine Weile allein für sich bleiben wollte, mit Charles und seinen letzten Worten an sie.

An keinem Ort sonst, weder irgendwo im Haus, noch in der Familiengrabstätte der Cardingtons, würde sie ihm je wieder so nah sein können wie in diesem Augenblick. Das war der Moment, um im Guten Abschied zu nehmen, von Charles, ihrer Ehe und einem Kapitel ihres Lebens. Es war nun endgültig vorbei.

Sie weinte um ihre Ehe und ihre Jungmädchenträume, die sich nicht erfüllt hatten.

Samantha las den Brief noch ein paar Mal durch, ehe sie begriff, dass diese Zeilen, neben Charles' schmerzensreichem Abschied vom Leben und von der Liebe, vor allem eines waren: ein Vermächtnis.

Charles' Testament begünstigte sie, Samantha, als Alleinerbin. Ihr gehörte nun offiziell ein riesiges Vermögen und nicht zuletzt *Cardington Manor*.

Sie sah zu den drei Turmfenstern hinüber.

Durch das Linke konnte man in sehr weiter Entfernung das Meer erahnen, über dem wie ein goldener Ball die Sonne stand.

Das mittlere Fenster zeigte eine raue Landschaft mit groben Felsen und verwilderten Wiesen, übersät mit Tausenden bunter Blumen.

Die Aussicht zur Rechten lockte mit einer Bilderbuchkulisse, wie man sie nur von südenglischen Kitsch-Postkarten her kannte: Ein idyllisches Flüsschen schlängelte sich durch samtige grüne Hügel und die lieblichen Auen luden zum Spazierengehen ein. Hier und da ein verstecktes Cottage, Pferdekoppeln und verträumte Dörfer, in denen die Zeit stehen geblieben zu sein schien.

Schon früher war auch Samantha gerne nach oben auf die Turmgalerie gekommen und hatte *Gottes Gemälde*, wie sie die drei Fensteraussichten immer genannt hatte, andächtig genossen.

Und diese Pracht sollte nun ihr gehören.

Sie dachte an Charles und war erfüllt von Dankbarkeit. Nie im Leben hatte sie solch einen freundlichen und wohlmeinenden Brief erwartet. Ausgerechnet von ihm, der doch zuletzt so sehr angefüllt gewesen war mit Groll und Bitterkeit. Unversöhnlich seinem Schicksal gegenüber, hatte er sich mit der Wendung in seinem Leben einfach nicht abfinden können. Er, der immer alles bis ins letzte Detail geplant, gelenkt und selbst entschieden hatte, war plötzlich mit Entwicklungen und Wendungen konfrontiert worden, die er weder selbst herbeigeführt hatte, noch jemals hätte akzeptieren können.

Vor diesem Hintergrund war sein Abschiedsbrief tatsächlich mehr als eine Überraschung.

Samantha atmete tief durch und schritt vorsichtig die fein gedrechselte Holztreppe hinunter, als Michael gerade wieder in die Bibliothek hereinkam, um nach ihr zu sehen.

»Geht's wieder, Liebes? Was hat er denn geschrieben?«

Sie nickte und reichte ihm den Brief.

»Da, lies selbst.«

Michael überflog die Zeilen und staunte: »Donnerwetter! Ein würdevoller Abschied. Er hatte wirklich Format, der gute Charles.«

»Ja, das hatte er wirklich.«

»Du warst so tapfer vorhin, Sammy!«

Er gab ihr einen sanften Kuss auf die Stirn.

»Zuerst hatte ich auch schreckliche Angst, er würde auf irgendeine gemeine Art mit mir abrechnen wollen oder schon wieder versuchen, mir Schuldgefühle zu machen. Aber mit so einem Brief hatte ich nicht gerechnet.«

»Ich auch nicht ... Ach ja, Rose hat etwas zu Essen für uns hergerichtet.«

»Das trifft sich gut. Das Baby und ich, wir sind fast am Verhungern«, sagte sie übermütig vor Erleichterung.

Mit seinem Brief hatte Charles ihr endlich die Hand zur Versöhnung gereicht, was sie sich so sehr von ihm gewünscht hatte.

Sie setzten sich auf der Terrasse des Westflügels an einen sorgfältig gedeckten Tisch. Ein überdimensionierter, heller Sonnenschirm bot ihnen Schutz vor der Mittagssonne.

Um diese Jahreszeit war der Blick von dort aus auf den Park am allerschönsten. Bäume, Büsche, Stauden und Blumen verschiedenster Arten waren sehr ansprechend angeordnet und hatten eine Gemeinsamkeit: Ihre sämtlichen Blüten hatten einen ganz ähnlichen Farbton, nämlich Weiß, Crème oder Zartrosa. Zusammen ergaben sie deshalb von Frühjahr bis Herbst ein äußerst harmonisches Ganzes, das an Schönheit kaum zu überbieten war. Schon des Öfteren war der Garten von *Cardington Manor* in Magazinen und Gartenbüchern abgebildet worden.

Samantha aß mit großem Appetit und konnte es noch immer nicht glauben, dass Charles sie zur Alleinerbin bestimmt hatte.

»Kann ich das denn überhaupt annehmen? Immerhin wollte ich mich gerade von ihm scheiden lassen.«

»Das hat Charles gewusst und trotzdem hat er sich so entschieden.«

»Das stimmt, aber ich glaube nicht, dass ich noch einmal hierher zurückkehren möchte. Mein Leben hat sich doch so sehr verändert in diesem letzten Jahr. Ich liebe mein kleines, einsames Häuschen und ich arbeite wirklich gerne im *St. Mary* ... Das alles kann ich doch jetzt nicht so einfach aufgeben.«

»Das musst du doch nicht jetzt entscheiden, Sammy. Gewöhne dich erst einmal an die Tatsache, dass dir das hier alles gehört und du jetzt eine reiche Frau bist. Wenn es dich erfüllt, weiterhin im *St. Mary* zu arbeiten, dann kannst du das ja trotzdem tun.«

»Ja, da hast du bestimmt Recht.«

»Keine Frage! Du kannst dich dafür entscheiden, hier zu leben, aber genauso gut kannst du alles verkaufen oder verpachten. Du kannst tun, was du möchtest. Du bist vollkommen frei in deinen Entscheidungen.«

Als sie mit dem Essen fertig waren, kam Henderson auf die Terrasse und räusperte sich diskret, wie er es immer tat, wenn er ungefragt etwas Persönliches sagen wollte oder ein Anliegen hatte.

»Haben Sie etwas auf dem Herzen, Henderson?«, erlöste ihn Samantha.

»Verzeihen Sie bitte, Mylady, wenn ich Sie darauf anspreche, doch die gesamte Dienerschaft ist in Angst und Aufregung um die Zukunft von *Cardington Manor* und hat mich gebeten, Sie nach dem weiteren Verbleiben ihrer Arbeitsverhältnisse zu fragen.«

»Ja, natürlich.«

Sie folgten ihm in die Halle, wo das gesamte Personal in einer langen Reihe versammelt stand. Das aufgeregte Tuscheln verstummte abrupt.

Samantha sah Rose, die Köchin und Frances, das neue Hausmädchen. Sie erkannte Mr Bellows, den alten Gärtner und dessen Enkel William, der in die Fußstapfen seines Großvaters getreten war und bereits ebenfalls für Charles gearbeitet hatte.

Außerdem drei Pferdeknechte und zwei Putzhilfen, an deren Namen sie sich jedoch nicht mehr erinnern konnte. Mindestens zehn weitere der Bediensteten hatte sie noch nie zuvor gesehen.

»Bitte verzeihen Sie mir, dass ich nicht schon eher daran gedacht habe, mit Ihnen zu sprechen, aber die Ereignisse haben sich auch für mich überschlagen.«

Samantha lächelte in den Halbkreis der altvertrauten und treuen Gesichter, die sie nicht im Unklaren über ihre Zukunft lassen wollte.

»Ich erhoffe mir Ihr Verständnis, wenn ich Ihnen sage, dass ich bis jetzt noch keinen klaren Gedanken fassen konnte.«

Sie fühlte verständnisvolle, wohlwollende Blicke auf sich gerichtet.

»Sie alle möchten jetzt von mir wissen, wie es mit Car*dington Manor* weitergehen wird.«

Alle Anwesenden hingen an ihren Lippen. Einige nickten.

»Das ist wirklich eine gute Frage. Die Antwort ist: Ich weiß es selbst noch nicht. Bevor Lord Cardington, mein Ehemann, sich selbst getötet hat, wollte ich mich so schnell wie möglich von ihm scheiden lassen.«

Sie wandte ihren Kopf kurz zu Michael und lächelte.

»Um Mr Tomlinson heiraten zu können. Für diejenigen unter Ihnen, die es noch nicht wissen,« sie legte lächelnd ihre beiden Hände auf die leicht vorstehende Rundung ihres Bauches, »wir erwarten ein Kind.«

Erstauntes, freudiges Raunen summte durch die Halle wie von einem Bienenschwarm.

»Glauben Sie mir bitte, für mich ist diese Entwicklung ebenso überraschend wie für Sie alle. Ich hatte mein Leben eigentlich ganz anders geplant. Jetzt kann und brauche ich mich nicht mehr scheiden zu lassen, weil ich ja plötzlich Witwe geworden bin. Und ebenso plötzlich und unerwartet hat Lord Cardington mich in seinem Abschiedsbrief zur Eigentümerin dieses kostbaren Besitzes gemacht.«

Erleichtertes Aufatmen ging durch die Dienerschaft. Henderson freute sich über diese Neuigkeit so sehr, dass er beinahe seine Contenance verloren hätte, und auch Rose und Frances strahlten um die Wette.

»Ich möchte Sie jetzt nicht enttäuschen, aber dieses Erbe bedeutet für mich neben allen Annehmlichkeiten auch eine große Verantwortung, von der ich nicht weiß, ob ich sie jemals werde tragen können. Ich bin, wie Sie alle, eine Bürgerliche und habe es nie gelernt, einen Besitz dieser Größe zu verwalten. Diese Aufgabe macht mir Angst.«

Einige blickten ihr mit Verständnis entgegen. Andere wiederum mit dem Ausdruck von Enttäuschung.

»Ich weiß jetzt noch nicht, was ich mit meinem Erbe anfangen werde, aber ich werde es Sie sofort wissen lassen, sobald ich es weiß. Sollte ich mich wirklich dazu entschließen, diesen Besitz aufzugeben, würde ich mich selbstverständlich dafür einsetzen, dass Sie allesamt als Personal übernommen werden. Bis dahin wäre ich Ihnen sehr verbunden, wenn Sie Ihre Tätigkeiten so gewissenhaft fortführen würden wie bisher. Ich danke Ihnen.«

Henderson als Sprecher des Personals dankte ihr ebenfalls für die offenen Worte und jeder ging wieder an seine

Arbeit. Wie auch immer Samantha entscheiden würde, mit dieser kleinen, spontanen Ansprache hatte sie die Herzen aller gewonnen.

»So spricht die wahre Herrin von *Cardington Manor*!«, neckte Michael sie, als die Dienerschaft außer Hörweite war.

»Wie meinst du denn das?«, fragte sie irritiert zurück.

»Bis gerade eben habe ich mir noch nie vorstellen können, dass du hier wirklich einmal gelebt hast. Aber als ich dich zum Personal habe sprechen hören, da dachte ich mir, *ja, sie ist es. Sie ist wahrhaftig Lady Cardington.*«

»Hör auf, Michael! Du nimmst mich auf den Arm.«

»Nein, überhaupt nicht. Ich schwöre es dir«, und als sie sah, wie begeistert er sie anstrahlte, konnte sie nicht anders, als ihm zu glauben.

»Du meinst damit, Charles und du, ihr seid beide der Meinung, dass ich hierher gehöre?«

»Ja, so könnte man es ausdrücken, Mylady.«

20

Am nächsten Vormittag, es war der Freitag, fuhren sie endlich zurück nach Hause.

Sie waren sich einig, dass es zunächst das Wichtigste war, dem Alltag wieder zu begegnen, um in die Normalität zurückzufinden.

Michael musste jetzt all die Gespräche und Aufträge nachholen, die er vier Tage zuvor hatte absagen müssen. Fast während der gesamten Rückfahrt verhandelte er über die Freisprechanlage mit seinen Auftraggebern und machte Termine aus.

Unterwegs kauften sie noch Lebensmittel ein, um ihre verwaisten Kühlschränke zu füllen. Dann setzte Michael Samantha in ihrem Häuschen ab und fuhr gleich weiter zu seinem ersten Termin, der glücklicherweise nur eine halbe Autostunde entfernt stattfand.

Sie hatten vereinbart, über Samanthas anstehende Entscheidung zum Erbe erst einmal nicht mehr zu sprechen.

Nach diesen Ereignissen der letzten Tage ersehnte Samantha mehr als alles andere Ruhe, um wieder zu sich zu kommen. Sie war gespannt darauf, wie sich der Gedanke an eine Zukunft auf *Cardington Manor* in der wohligen Schlichtheit und Abgeschiedenheit ihres beschaulichen Lebens anfühlen mochte.

Zunächst rief sie im Waisenhaus an, um Oberschwester Roberta mitzuteilen, dass sie spätestens am Montag wieder einsatzfähig sein würde. Sie erzählte auch kurz, was in den Tagen vorgefallen war.

»Überstürzen Sie jetzt lieber nichts und gönnen Sie sich die Erholung, die Sie nötig haben, meine liebe Samantha. Sie fehlen hier zwar an allen Ecken und Enden, wie Sie sich sicherlich vorstellen können, und die Kinder fragen auch dauernd nach Ihnen, aber das ist alles nicht so wichtig wie Ihre Gesundheit und die Ihres Babys.«

Samantha verbrachte den Rest dieses Tages wirklich damit, sich auszuruhen. Sie machte einen gemächlichen Spaziergang in die nähere Umgebung, aß gemütlich auf der Terrasse, blätterte in *The Beauty of Nature*, las in einem Ratgeber über Schwangerschaft und Geburt, und hielt schließlich ein kleines Schläfchen in der Nachmittagssonne. Diesen herrlich faulen Tag beendete sie mit einem spannenden Fernsehkrimi.

Als hätte sie ihren inneren Wecker gestellt, erwachte sie am nächsten Morgen zur passenden Zeit, um pünktlich ins Kinderheim zu fahren. Sie überlegte kurz, ob sie sich das schon zumuten könnte, fühlte sich aber in guter Form und ausgeschlafen. Da Michael und sie sich ohnehin am Wochenende nicht sehen würden, weil er so vieles aufzuarbeiten hatte, stand sie auf, ging ins Bad und machte sich fertig.

Um halb sieben Uhr musste sie einer erstaunten Oberschwester Roberta erst einmal mehrmals versichern, dass sie wirklich wieder bei Kräften war.

So versank dieses Wochenende in einem Meer von Arbeit und der unverhohlenen Freude der Kinder, weil sie nun endlich wieder da war, nach sechs schrecklich langen Tagen.

Abends war sie, wie gewohnt, sehr erschöpft und ging früh schlafen. Sie liebte ihre Arbeit und wollte sie auch nicht mehr missen. Zum Nachdenken blieb überhaupt keine Zeit, aber das kam ihr sehr gelegen. Sie hatte Charles' Anliegen in den hintersten Winkel ihres Lebens verdrängt und da lag es nun und rührte sich nicht.

An einem Vormittag nahm Samantha die Briefpost für das Kinderheim entgegen und brachte den kleinen Stapel in Robertas Büro, wo die Oberschwester gerade über einem Formular brütete. Dabei ließ diese sich gerne unterbrechen, nahm die Briefe an sich, überflog die Absender kurz und wollte sie schon in Routine zur Seite legen, als ihr Blick an einem grauen Kuvert mit Amtssiegel hängen blieb.

Samantha fühlte förmlich, wie Roberta erstarrte.

Kein Zweifel. Dieser Brief versetzte sie in Angst.

»Was ist denn das für ein Brief? Schlechte Nachrichten?«, fragte sie, um die Oberschwester aus ihrer Starre zu holen.

»Das weiß ich erst mit Sicherheit, wenn ich ihn aufgemacht habe ... Aber ich rechne mit dem Schlimmsten, ehrlich gesagt.«

Sie sah jetzt sehr blass aus, fast bläulich im Gesicht, und rang hörbar nach Luft.

Samantha öffnete das Fenster.

»Soll nicht lieber ich ihn öffnen?«, bot sie an und wollte ihr den Brief sanft aus den Händen ziehen, doch er wurde festgehalten.

»Das hab' ich Ihnen noch nicht erzählt ... hatte gehofft, es wäre gar nicht mehr nötig ...«

Roberta sprach wie jemand, der all seine Kraft verloren hatte.

»Aber was ist denn das? Ist das ein Untersuchungsergebnis, das mit Ihrem Herzen zu tun hat?«

Samantha hatte sich verplappert und Roberta sah sie verwundert an, als würde sie fragen: »Wie sind Sie mir denn bloß dahinter gekommen?«, aber sie tat es nicht.

Stattdessen antwortete sie: »Wenn es das nur wäre! Es ist viel schlimmer ... Es ist vielleicht das Ende ...«

»Das Ende? Was bedeutet das? Bitte, Roberta, reden Sie! Was ist viel schlimmer?«, flehte Samantha aufgeregt.

Sie fühlte sich so hilflos.

»Oder lassen Sie mich Ihnen den Brief wenigstens vorlesen!«

Mit einem beherzten Griff nahm sie den Brief an sich und riss ihn auf.

»Oberstes Baureferat der Stadt Lamberhurst ...«, las sie überrascht. »Sehr geehrte Mrs Gilchrist, in Ihrer Eigenschaft als Vorsteherin und Leiterin unseres städtischen Waisenhauses und Kinderheims ...«

Roberta unterbrach sie.

»Sie hatten jemanden geschickt, in den Tagen, als Sie unten an der Küste waren ... Er hat den Zustand des Hauses überprüft ... Er hat gesagt, dass es nicht gut aussieht und dass ...«

»Jetzt lassen Sie uns doch erst einmal lesen, was sie geschrieben haben. Vielleicht ist es ja gar nicht so schlimm, also: ... teilen wir Ihnen mit, dass uns das Untersuchungsergebnis des oben genannten Anwesens inzwischen vorliegt. Das Gebäude wurde sorgfältig auf Baufälligkeit hin überprüft, da Reparaturmaßnahmen schon seit vielen Jahren hätten durchgeführt werden müssen. Wie Sie wissen, fehlten der Stadtkasse in der Vergangenheit die dazu benötigten Geldmittel. Da sich seit der letzten Überprüfung der Zustand der Außenwände und des gesamten Dachs, inklusive des Dachstuhls, witterungsbedingt auch noch drastisch verschlechtert hat, sehen wir uns leider gezwungen, das Waisenhaus zur Sicherheit der Bewohner zu schließen. Das Gebäude ist irreparabel geschädigt und ein Neubau kann in diesen wirtschaftlichen Zeiten nicht finanziert werden. Die Stadt Lamberhurst bedauert diese Entscheidung zutiefst, da wir die Kinder bei Ihnen stets in allerbester Obhut wussten ...«

Samantha las nicht weiter.

Sie wagte nicht, zur Oberschwester hinüber zu sehen.

Nur Robertas angestrengter Atem war noch zu hören.

Es entstand eine unheimliche Stille.

Das war also das Ende!

Gerade jetzt, wo ihr das *St. Mary* mit allen seinen Menschen so sehr ans Herz gewachsen war.

Sie würde also in Kürze ihre Arbeit verlieren.

»Ich hab's kommen sehen ... sie nehmen mir mein Haus weg ... und meine Kinder«, sagte Roberta mit tonloser Stimme, vergrub ihr Gesicht in ihren abgearbeiteten Händen und begann, bitterlich zu weinen.

Samantha hatte das Gefühl, ihr Herz würde sich herumdrehen, so weh tat ihr dieser Anblick. Sie stand auf und hielt Roberta mit beiden Armen fest an sich gedrückt. Das heftige Schluchzen ließ sie mit erbeben.

Sie überlegte, was sie ihrer Kollegin zum Trost sagen könnte, doch sie war sprachlos.

Sie wollten es vor den Kindern so lange wie möglich geheim halten, solange man noch nicht näher wusste, wie es mit ihnen weitergehen sollte.

Es war unklar, ob alle Kinder vom *St. Mary* gemeinsam in ein größeres Waisenhaus umziehen würden oder ob sie in kleinen Grüppchen auf mehrere Heime verteilt werden würden.

Fraglich war außerdem, was aus Roberta Gilchrist werden sollte. Sie war bereits achtundsechzig Jahre alt und in diesem Alter war es unwahrscheinlich, dass ein anderes Waisenhaus sie übernehmen würde, nicht einmal in der Position einer untergeordneten Kinderschwester.

Selbst wenn ihr das gelingen würde, die amtsärztliche Untersuchung, die nötig wäre, um eine neue Arbeitsstelle zu bekommen, würde ihre seit Langem vertuschte Herzkrankheit aufdecken.

Und soviel war klar: Keine Stadt der Welt würde eine schwer kranke Pflegerin einstellen, die seit Jahren bereits jenseits des Rentenalters war.

Dem Stadtrat von Lamberhurst war Robertas Alter immer egal gewesen, hätte er doch große Probleme gehabt, diese Stelle anderweitig zu besetzen.

Roberta würde also mit ziemlicher Wahrscheinlichkeit bald in Rente gehen müssen. Es war seit vielen Jahren nur noch die Liebe zu den armen Kindern gewesen, die Roberta am Leben gehalten hatte. Diese Kleinen waren wie ihre Familie. Und für Freundschaften hatte sie in den letzten dreißig Jahren keine Zeit übrig gehabt.

Robertas größte Sorge jedoch galt den Kindern.

Sie wusste nicht, wie sie ihnen das beibringen sollte. Samantha und sie selbst waren doch deren wichtigste Bezugspersonen geworden, die sie in Kürze verlieren sollten. Bis sie in anderen Heimen Beziehungen zu den Erzieherinnen würden aufbauen können, hätten sie nur noch einander, vorausgesetzt sie dürften zusammen bleiben wie Geschwister.

Doch es war eher unwahrscheinlich, dass ein Kinderheim Kapazität für weitere neunzehn Kinder haben würde. Die meisten waren ohnehin überfüllt.

Eines war sicher: Dieser Brief der städtischen Baubehörde bedeutete eine Katastrophe für die kleinen und großen Menschen vom *St. Mary*.

In der Nacht lag Roberta viele Stunden lang wach und suchte nach einem Ausweg. Es musste doch einen geben!

Doch sie fand keinen.

In einer Mittagspause rief Samantha Michael an, um ihm die neuesten Entwicklungen mitzuteilen.

Für ihn war die Sache ganz einfach: ein Wink des Schicksals, ein Gottesurteil, als wollte *da oben* jemand, dass Samantha aufhören sollte, zu arbeiten.

»Ach! So einfach ist das für dich?«

»Liebes, in ein paar Monaten würdest du doch sowieso kündigen müssen, von wegen Mutterschutz und so ...«

»Aber doch noch nicht jetzt! Und nach der Babypause wäre ich mit unserem Baby zusammen zurückgekommen. Ich hatte es mir schon so schön ausgedacht ...«

Sie war so enttäuscht.

»Es sollte halt nicht sein. Ich weiß nicht, ob du dir und der Sache einen Gefallen tust, wenn du dich da so sehr hineinsteigerst.«

Michael steckte mit seinen Gedanken in der Umgestaltung einer größeren Parkanlage, die ihm gerade anvertraut worden war. In diesem Augenblick fehlte ihm eindeutig der Sinn für private Dramen, die das Leben geschrieben hatte und die man ohnehin nicht ändern konnte.

»Michael, an dieser Sache hängt das Glück von so vielen Kindern! Von Schwester Roberta ganz zu schweigen!«

»Dramatisierst du jetzt nicht ein wenig?«

»Das fragst du mich nur, weil du sie nicht kennst. Roberta ist so ein wunderbarer Mensch ... Das hat sie einfach nicht verdient.«

»Mag sein, aber wer sagt dir denn, dass die Kinder es in anderen Heimen nicht genauso gut haben, vielleicht sogar besser, weil dort möglicherweise mehr Personal ist?«

»Sicher! Das ist möglich! Und wenn nicht, würden wir es ja nicht erfahren, es sind ja nur Waisenkinder, nicht wahr?«, provozierte sie ihn, weil sie genau spürte, dass er mit seinem Kopf woanders war.

»So habe ich das doch nicht gemeint! Ich könnte mir nur vorstellen, dass auch in anderen Kinderheimen liebevolle Menschen arbeiten, die nur das Beste für diese armen Kinder wollen.«

»Damit hast du sicher Recht, doch wenn nicht, ich könnte es mir nicht verzeihen. Michael, diese Würmchen wachsen einem so ans Herz, du kannst es dir nicht vorstellen!«

»Moment mal ... wie war das? Du könntest es dir nicht verzeihen? Was hättest du dir denn zu verzeihen? Hast du vielleicht diesen Brief geschrieben oder den Entschluss gefasst, das Heim schließen zu lassen?«

»Ich weiß es auch nicht. Aber ich hätte irgendwie das Gefühl, die Kinder im Stich zu lassen.«

»Aber du kannst doch nichts dafür!«

Dieses Gespräch war nicht besonders ergiebig.

Samantha wusste selbst nicht, was sie sich von Michaels Reaktion erhofft hatte, aber sie war nun irgendwie noch enttäuschter als vorher. Die Mittagspause war sowieso schon zu Ende und so verabschiedeten sie sich bis zum Abend.

Während des Nachmittags überlegte Samantha, ob es nicht vielleicht doch in ihrer Hand liegen könnte, die Dinge im *St. Mary* zum Guten zu wenden. Immerhin war sie doch seit Charles' Tod eine reiche Frau, auch wenn sie diesen Gedanken seit Wochen vehement verdrängt hatte, um keine Entscheidung treffen zu müssen.

Sie könnte zum Beispiel *Cardington Manor* verkaufen. Der Gedanke gefiel ihr gut, eigentlich von Minute zu Minute immer besser, ihr Vermögen dafür zu verwenden, das Kinderheim zu retten. Einen sinnvolleren Zweck konnte sie sich nicht vorstellen.

Möglicherweise war das Haus doch noch nicht zu marode, um renoviert werden zu können. Vielleicht gab es ja auch die Chance, ein anderes altes Haus zu kaufen oder zu mieten. Sie wunderte sich darüber, dass die Stadt diese Möglichkeit nicht in Erwägung gezogen hatte. Das galt es dringend herauszubekommen.

Wie elektrisiert durch ihren Einfall ging sie ins Büro und wählte die Nummer der Stadtverwaltung. Als sie an den zuständigen Sachbearbeiter weiterverbunden worden war, schilderte sie ihr Anliegen.

Was sie erfuhr, war niederschmetternd: Der Stadt Lamberhurst war der Verfall des Hauses trotz größten persönlichen Bedauerns sehr entgegengekommen, da sich auf diese Weise ein enormer Ausgabenposten höchst elegant in Luft aufgelöst hatte. Der Staat übernahm in diesem Fall die Unterbringung der Kinder in anderen Heimen. Allerdings, so erfuhr Samantha weiter, stand es ihr selbstverständlich frei, ein von ihr privat finanziertes Kinderheim ins Leben zu rufen.

Enttäuscht legte sie auf. So hatte sie sich das nicht vorgestellt.

Ohne Roberta von dem Telefonat erzählt zu haben, fuhr sie am Abend nach Hause. Sie fühlte sich müde und abgekämpft. Jetzt nur noch ein heißes Bad, dabei ein kurzer Plausch mit Michael und danach mit einer Tasse Tee und einem guten Buch auf die Couch, eingewickelt in ihre Wolldecke. Sie wollte einfach nur noch runterkommen und nicht mehr an die bevorstehende Auflösung des *St. Mary* denken müssen.

Wie automatisch sperrte sie die Haustüre auf, ließ sofort Badewasser einlaufen und setzte den Teekessel auf. Als sie damit begonnen hatte, sich auszuziehen, läutete schon das Telefon.

Michael!

Sie freute sich darauf, seine Stimme zu hören, wenn sie sich jetzt schon nicht richtig an ihn kuscheln konnte.

»Guten Abend, mein Schatz!«, schnurrte sie sehnsuchtsvoll in den Hörer.

Doch Michael antwortete nicht.

»Hallo ...? Michael ...?«

Sie hörte nur schweres Atmen, fast schon ein Keuchen.

Kürzlich hatte sie im Wartezimmer von Dr. Andrews in einer Frauenzeitschrift gelesen, dass es unglaublich viele Frauen gab, die regelmäßig von anonymen Anrufern belästigt wurden. Die meisten lebten allein wie sie.

Das fehlte ihr jetzt gerade noch!

»Melden Sie sich endlich, sonst lege ich auf!«, befahl sie schroff.

»Samantha ...«

Es war eine Frauenstimme.

»Ja, bitte?«

»Es tut mir leid, wenn ich Sie störe ... Ich bräuchte Ihre Hilfe ...«

Es war Roberta Gilchrist.

»Um Himmels willen, was ist denn passiert?«

»Bitte, Sie müssen leider wieder herkommen und bei den Kindern bleiben ...«

Sie hörte sich elend an.

»Warum? Was ist denn mit Ihnen?«

»Es ist mein Herz. Es will wohl nicht mehr ... ich habe mir einen Krankenwagen gerufen ... er müsste gleich hier sein ...«

»Sie können sich auf mich verlassen, Roberta. Ich werde sofort losfahren. Machen Sie sich keine Sorgen um die Kinder!«

Während sie das versprach, zog sie sich schon wieder an.

Ein »Danke« kam matt aus der Leitung.

»Morgen früh werde ich mich nach Ihnen erkundigen. Alles, alles Gute für Sie!«

Samantha drehte den Wasserhahn ab und schaltete den Herd wieder aus. Mit wenigen, schnellen Handgriffen packte sie ein paar Sachen für die Nacht ein, außerdem das Buch, das sie vorgehabt hatte, an diesem Abend zu lesen. Kurz darauf war sie schon wieder auf der Landstraße nach Lamberhurst.

Als Samantha im *St. Mary* ankam, schien alles ruhig und friedlich zu sein. Sie schaute noch extra in jedes Bettchen hinein und vergewisserte sich, ob wirklich alles in Ordnung war und alle Kinder schliefen.

Im Badezimmer von Roberta nahm sie eine kurze Dusche. Dann holte sie den Telefonapparat aus dem Büro und zog sich in eines der Schwesternzimmer zurück, in dem sie schon ein paar Mal übernachtet hatte. Dort stand ein steril wirkendes Bett, dessen lackiertes Eisengestell schon ganz vergilbt war.

Sie hüllte sich in die weiße, kühle Decke und fröstelte ein wenig. Alles dort roch nach Kernseife und Desinfektionsmittel. Egal. Es ließ sich nicht ändern.

Sie wählte Michaels Nummer.

Er war sofort am Apparat.

»Sammy, wo warst du? Ich hab's schon ein paar Mal bei dir versucht ...« Michael klang besorgt.

»Ja, ich hätte mich um diese Uhrzeit auch woanders vermutet. Aber leider musste ich gleich wieder zum *St. Mary* zurückfahren. Jetzt liege ich in einem eiskalten Bett in einem schrecklich ungemütlichen Schwesternzimmer und schiebe heute hier die Nachtschicht. Und die nächsten Nächte wahrscheinlich auch.«

»Oh je, du Ärmste! Ist schon wieder eines der Kinder krank?«

»Nein. Diesmal ist es viel schlimmer ...«

Sie erzählte ihm, was vorgefallen war. Auch von ihrer Idee am Nachmittag und dem darauffolgenden Telefonat.

»Und wie soll das jetzt alles weitergehen? Willst du den Laden ab sofort ganz alleine schmeißen?«

»Michael, ich habe doch auch keine Ahnung, wie es jetzt weitergehen soll. Die Situation ist auch für mich völlig neu. Ich kann jetzt nur einen Fuß vor den anderen setzen. Sollte ich den morgigen Morgen mit allen neunzehn

Kindern überleben, werde ich mich danach ans Telefon hängen und versuchen, mir eine Hilfskraft zu besorgen.«

»Und das geht so einfach?«

»Keine Ahnung. Ich weiß ja noch nicht einmal, welches Amt für so einen Ausnahmefall zuständig ist. Jugendamt, Gesundheitsamt, Stadtverwaltung?«

»Mensch, Sammy ... Bitte vergiss bei alldem nicht, dass du vor allem für dich und unser Baby sorgen musst!«

»Ja, das tue ich«, antwortete sie matt.

»Ich mache mir wirklich Sorgen um dich!«

Sie versprach ihm, auf sich aufzupassen und sich am nächsten Tag zu melden, sobald sie Näheres wüsste und legte auf.

Danach lauschte sie noch kurz in den Korridor hinaus: Alles war still.

Sie huschte ins Bett zurück und nahm sich das mitgebrachte Buch aus der Tasche. Noch bevor sie die erste Seite zu Ende gelesen hatte, war sie eingeschlafen.

Am nächsten Morgen um fünf Uhr war ihre Nacht vorbei. Samantha machte sich nur kurz frisch und ging dann sofort hinunter in die Küche. Neunzehn Frühstücksteller waren jetzt zu richten und einige Lunchpakete für die Schulkinder.

Ihr Magen begann zu rebellieren, also brauchte sie als Erstes etwas Stärkendes zu trinken, um dies zu unterbinden. Sie füllte die Maschine mit gemahlenem Kaffee und erschrak fürchterlich, als plötzlich – direkt neben ihr – jemand ans Fenster klopfte.

Sie fuhr herum und traute ihren Augen nicht.

Es war Michael, der blass wie ein Gespenst und völlig übermüdet vor ihr stand. Es freute ihn sichtlich, dass ihm diese Überraschung gelungen war.

Rasch öffnete Samantha das Fenster und rief flüsternd in die kühle Morgenluft hinaus: »Was tust du denn hier? Um diese Zeit?«

»Das könnte man dich auch fragen, wenn man es nicht wüsste.«

Er schlug die Fersen zusammen und nahm einen militärischen Ton an: »Schwester Samantha, Bruder Michael meldet sich zum Broteschmieren!«

»Bist du süß!«, rief sie kichernd und fiel fast aus dem Fenster, bei dem Versuch ihn zu küssen.

Er schob sie vorsichtig zurück und kletterte hinterher.

Es folgte eine lange, innige Umarmung.

Das war ein ungewohnter Moment der Schwäche für Samantha seit den letzten Tagen und sie musste sich richtig zusammenreißen, um nicht gleich loszuheulen.

»Ich bin ja jetzt bei dir«, sagte er aufmunternd und griff nach einer mit Rüschen besetzten, rosafarbenen Schürze, die neben ihm an einem Haken hing. Etwas unbeholfen band er sie um und Samantha musste lachen.

»Sammy, sag mir, was ich jetzt tun soll! Womit kann ich dich am besten entlasten?«

Sie zeigte *Bruder Michael* alles, was er brauchte, um einen ganzen Berg von Broten mit Butter zu bestreichen.

Während er damit beschäftigt war, kochte sie einen großen Topf Porridge und mehrere Kannen heiße Schokolade und Hagebuttentee.

Es war so schön, dass Michael gekommen war und ihr jetzt half!

»Ich liebe dich, Bruder Michael«, sagte sie und sah zu ihm hinüber.

Er war eifrig dabei, fertige Brotscheiben gerecht auf Teller zu verteilen. Ohne von seiner ungewohnten Arbeit aufzusehen, erwiderte er lächelnd: »Na, und ich dich erst! Das macht mir hier übrigens richtig Spaß! Ich werde noch meinen Beruf an den Nagel hängen und ab jetzt jeden Morgen um fünf Uhr an dein Fenster klopfen.«

»Ich bete darum, dass das nicht nötig sein wird! Auf Dauer kann ich das auch nicht aushalten. Höchstens noch ein paar Tage, nicht länger.«

Nach dem Frühstück telefonierte Samantha mit den Ämtern wegen einer Aushilfskraft.

Michael, der sich den ganzen Tag freigeräumt hatte, um Samantha zu helfen, beaufsichtigte währenddessen die Kinder im Garten.

Keine der Behörden fühlte sich für Samanthas Anliegen zuständig. Die Stadtverwaltung sagte jedoch wenigstens zu, bis zur Auflösung des Heimes zwei junge Küchenhilfen aus der eigenen Kantine zu schicken.

Mit Robertas Erscheinen war so schnell nicht mehr zu rechnen. Wie Samantha bei einem Besuch im Krankenhaus erfuhr, war sie zwar außer Lebensgefahr. Jedoch musste sie danach noch mindestens drei Wochen auf der Station bleiben und anschließend eine sechswöchige Kur absolvieren. Also würde die ganze Abwicklung der Heimauflösung an Samantha hängen bleiben.

Roberta trug ein steriles grünes Nachthemd und sah so schrecklich elend aus, dass Samantha richtig erschrak.

»Es ist, als würde ich vor einem Abgrund stehen. Das Beste wäre, ich würde von dieser Kur nicht mehr zurückkommen. Es gibt in diesem Fall kein *Zurück* ...«, hauchte Roberta kraftlos.

»Aber wie kommen Sie denn auf so etwas?«

»Ich habe dann keine Wohnung mehr. Wo soll ich bleiben? Verwandte gibt es schon lange keine mehr und für Freundschaften hatte ich nie Zeit.«

Darauf wusste Samantha nichts zu entgegnen.

Sie musste eine grundsätzliche Lösung finden.

Eine Lösung zum Besten aller Beteiligten.

21

Ein paar Monate später lag noch der Winter über *Cardington Manor*. Das leuchtende Grün des Sommers war schon lange gedeckteren Tönen in Beige, Braun und Ocker gewichen. Die gewaltigen, alten Bäume des Anwesens reckten nur noch ihre mageren, dürren Äste in alle Richtungen. Ein grauer, von Wolken verhangener Himmel schickte sein fahles Licht in die Orangerie.

»Darf ich Ihnen vielleicht noch etwas bringen, Mrs Tomlinson?«

»Nein, vielen Dank, Henderson!«

»Haben Sie noch einen Wunsch, Mr Tomlinson?«

»Nein, danke, Henderson! Sie können jetzt gerne abräumen.«

Mit großer Mühe und einer hilfreichen Hand von Michael erhob sich Samantha aus ihrem Stuhl.

»Was würdest du jetzt von einem kleinen Spaziergang halten, Liebling? Die frische Luft wird dir sicher gut tun, und unserem Baby auch.«

Er streichelte die stattliche, harte Rundung ihres Bauches.

Wenig später schritten sie Arm in Arm einen Weg entlang, der an der Südterrasse begann und in die Richtung der Pferdeställe führte.

Etwa auf der halben Strecke dorthin kamen sie zu einem Haus, das schon immer das *Gesindehaus* genannt wurde, weil dort zu früheren Zeiten die knapp 50 Bediensteten von *Cardington Manor* untergebracht gewesen waren. Viele Jahre lang hatte es leer gestanden, weil – durch den technischen Fortschritt bedingt – inzwischen nicht mehr so viel Personal benötigt wurde. Auch wurden des Öfteren spezialisierte Arbeitskräfte ohne Festanstellung beschäftigt.

Bis vor Kurzem war das Haus in einem sehr schlechten Zustand gewesen und hatte leblos und verlassen gewirkt.

Jetzt jedoch stand es wieder ansehnlich da, war sorgfältig renoviert worden und schien von neuem Leben erfüllt zu sein.

CARDINGTON HOME
Kinderheim der Lord Cardington Stiftung

stand auf einem eleganten Messingschild neben der frisch lackierten Eingangstür.

Sie gingen hinein und folgten der Richtung, aus der viele Kinderstimmen zu hören waren.

Eine ältere Dame in einem schicken, malvenfarbenen Kleid kam auf sie zu. Sie war hübsch zurechtgemacht und sorgfältig frisiert.

»Samantha! Wie schön, Sie zu sehen! Na, das Bäuchlein macht sich aber! Guten Morgen, Michael!«

»Guten Morgen, Roberta! Ja, es wird auch langsam beschwerlich. Nicht auszudenken, dass es erst in einigen Wochen so weit sein soll!«

»Guten Morgen, Roberta! Wie sind Sie denn mit Ihren Helferinnen zufrieden?«, fragte Michael.

»Oh, ganz wunderbar! Diese drei Mädchen sind so fleißig, dass kaum noch Arbeit für mich übrig bleibt. Wenn ich morgens gegen neun Uhr komme, sind sie schon immer mit allem fertig. Es ist fast wie im Himmel!«

»So soll es sein, meine liebe Roberta«, sagte Samantha und drückte sie innig.

»Schließlich sind Sie nur noch hier, um die Kinder zu lieben und zu genießen.«

»Ja, und vergessen Sie nicht«, warf Michael ein, »bald gibt es hier noch ein Kind mehr auf *Cardington Manor* und das braucht dann eine Großmutter.«

Roberta stiegen Tränen in die Augen.

»Wie soll ich Ihnen beiden das nur jemals danken?«

»Ach ...«, wehrte Michael ab und zwinkerte ihr zu, »wir tun das nur für uns. Aus purem Egoismus!«

»Stimmt!«, pflichtete ihm Samantha bei.

»Wir können uns nämlich keine bessere Großmutter für unser Baby vorstellen.«

Als sie sich zum Gehen umwandten, stand plötzlich ein hübscher, schlaksiger Junge in einer dunkelblauen Schuluniform vor ihnen. Zur Begrüßung deutete er eine kleine Verbeugung an und sagte freundlich:

»Guten Tag, Mrs Tomlinson!«, um Samantha gleich danach heftig zuzuzwinkern.

Samantha zwinkerte ebenso heftig zurück.

»Ja, guten Tag, mein lieber Frank! Kann es vielleicht sein, dass du schon wieder um ein ganzes Stück gewachsen bist?«

Frank nickte strahlend über das ganze sommersprossige Gesicht. Er trug einen modernen Haarschnitt und Samantha fiel auf, dass seine breite Zahnlücke inzwischen spurlos verschwunden war.

»Und wie gut dir deine Schuluniform steht! Du siehst schon aus wie ein richtiger junger Mann!«, sagte sie zu ihm und herzte ihn noch zum Abschied.

Als sie das ehemalige *Gesindehaus* wieder verlassen hatten, schlenderten sie an einem eingezäunten Spielplatz vorbei, der sich auf der Südseite des Hauses befand. In dicke Spielanzüge eingepackte Kindergartenkinder mit knallroten Pausbäckchen winkten ihnen fröhlich nach. Es wurde eifrig geschaukelt und geklettert. Die Kälte tat dem Spaß keinen Abbruch.

Samantha und Michael winkten zurück und setzten ihren Weg fort.

»Kannst du dir das vorstellen? So einen kleinen Schatz werden wir auch bald haben!«

Samantha drehte sich noch einmal begeistert zu den Kindern um und Michaels Griff um ihre Schulter wurde fester. Sie freuten sich beide so sehr auf ihr Baby. Nun sollte es auch nicht mehr lange dauern.

»Jetzt hat Charles doch noch seinen Willen bekommen«, sagte Michael nach einer Weile nachdenklich.

»Wie meinst du das?«

»Na, er wollte doch, dass ich auf *Cardington Manor* lebe. Und das tue ich jetzt. Dass ich nur noch auf *Cardington Manor* arbeiten werde, stimmt natürlich nicht ganz. Die Aufträge, die mich wirklich reizen, werde ich nach wie vor annehmen. Aber den Hauptteil meiner Arbeitskraft werde ich künftig hier einbringen. Schon allein deshalb, um so viel Zeit wie irgendwie möglich mit dir und unserem Kind zu verbringen.«

»Das ist wirklich zu schön, um wahr zu sein, wie sich das alles gefügt hat. Überhaupt hat sich mein Leben so verändert, ich fühle mich wie in einem Märchen«, sagte sie kopfschüttelnd und seufzte glücklich.

»Und was meinst du, meine Königin, wird es ein Prinz oder eine Prinzessin werden?«

»Keine Ahnung. Ich kann es nicht sagen und du weißt, ich will es auch gar nicht vorher wissen.«

»Hast du dir denn jetzt schon einen Namen überlegt, falls es ein Mädchen wird?«

»Ja. Ich schwanke zwischen *Sara*, *Sophie* und *Stephanie*.«

»Sara Tomlinson ... Sophie Tomlinson ... Stephanie Tomlinson ...«

Michael probierte den Wohlklang dieser Namenskombinationen aus, als würde er ein Echo oder eine Zustimmung von der kalten Winterluft erwarten.

»Ja, die sind alle drei sehr hübsch«, bestätigte er.

»Und falls es ein Junge wird?«

»Dann würde ich ihn gerne *Charles* nennen.«

Hat Ihnen mein Roman gefallen?

Ich freue mich immer über Empfehlungen und
Rückmeldungen:

sybille.kolar@gmx.de
https://sybille-kolar.com
Folgen Sie mir auf Twitter, Facebook und Instagram.

Oder hinterlassen Sie eine Rezension bei Amazon.

Herzlichen Dank!

Ihre
Sybille Kolar

Möchten Sie gerne weiterlesen?

Der Fortsetzungsband mit dem Titel

CARDINGTON MANOR
Schlangen im Paradies

ist ebenfalls im Buchhandel erhältlich.
Bei Amazon auch als E-Book.

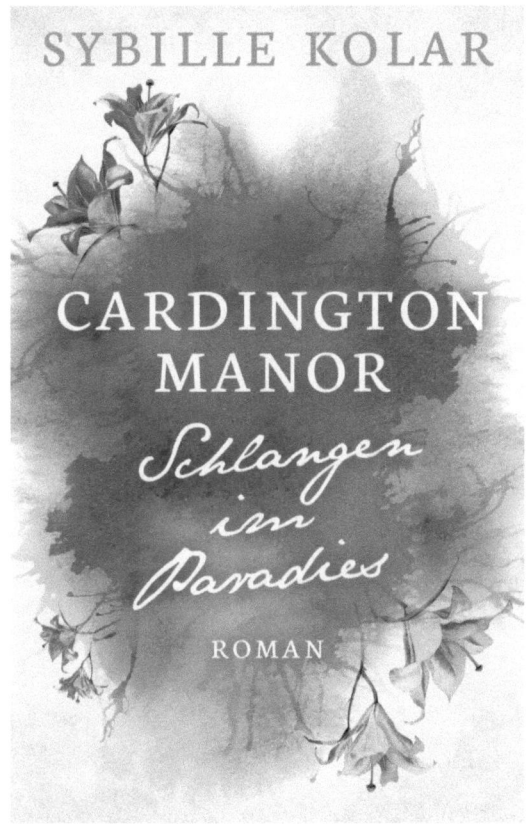

ISBN: 978-3739242392

Band 3 der CARDINGTON-MANOR-Reihe:

Schatten der Vergangenheit

ist ebenfalls im Buchhandel erhältlich.
Bei Amazon auch als E-Book.

ISBN: 978-3741242151

Und der Sammelband der
CARDINGTON-MANOR-Reihe!
Er enthält die Bände 1-3 in ungekürzter Fassung:

Lady Cardington und ihr Gärtner
Schlangen im Paradies
Schatten der Vergangenheit

SYBILLE KOLAR

CARDINGTON
MANOR

Sammelband 1-3

ISBN: 978-3741250927

In Kürze erscheint der Sammelband 4-6!